Dino

STAR WARS™

JEDI-PADAWAN

DIE GESTOHLENE VERGANGENHEIT

Band 3

Jude Watson

Dino

Die Deutsche Bibliothek – CIP-Einheitsaufnahme

Ein Titeldatensatz für diese Publikation ist bei der Deutschen Bibliothek erhältlich.

*Dieses Buch wurde auf chlorfreiem,
umweltfreundlich hergestelltem
Papier gedruckt.*

Es entspricht der neuen deutschen Rechtschreibung.

Übersetzung: Dominik Kuhn, Reutlingen
Umschlaggestaltung: tab werbung GmbH, Stuttgart,
basierend auf dem US-Cover von Madalina Stefan und Cliff Nielsen
Satz: Greiner & Reichel, Köln
Druck: Elsnerdruck, Berlin
ISBN: 3-89748-203-7

Dino entertainment AG im Internet: www.dinoAG.de
Bücher – Magazine – Comics

Kapitel 1

Auf dem Markplatz von Bandor herrschte reges Treiben, als Obi-Wan ihn durchstreifte. Gern wäre er stehen geblieben, um eine Muja-Frucht zu kaufen, doch Qui-Gons Schritte wurden nicht langsamer. Obi-Wans Meister ging mit fließenden Bewegungen durch die bevölkerten Straßen. Ohne auszuweichen oder abzubremsen bahnte er sich seinen Weg und verbrauchte dabei so wenig Energie wie möglich. Obi-Wan fühlte sich wie ein plumper Sandkriecher neben einem schlanken Raumjäger.

Er war darauf bedacht, seinem Meister auf den Fersen zu bleiben. Er würde bald zu seiner ersten offiziellen Mission mit Qui-Gon aufbrechen. Der Jedi-Ritter hatte es zunächst abgelehnt, Obi-Wan als seinen Padawan-Schüler anzunehmen. Obwohl sie viele Kämpfe und Abenteuer zusammen bestanden hatten, hatte Qui-Gon gezögert. Erst nach ihrem letzten gemeinsamen Erlebnis im Angesicht des Todes tief unten in den Minenschächten von Bandor hatte Qui-Gon die Entscheidung getroffen, ihn als seinen Padawan anzunehmen.

Obi-Wan war noch immer unsicher, welche Gefühle

sein Meister für ihn empfand. Qui-Gon war kein Mann, der jemandem seine Gedanken mitteilte, wenn es nicht unbedingt sein musste. Obi-Wan wusste wenig über die bevorstehende Mission und er musste wohl Geduld haben, bis Qui-Gon ihm die Details mitteilen würde. Bis dahin beschäftigte ihn eine andere wichtige Frage. Eine, die er nicht zu fragen wagte: Wusste Qui-Gon, dass er heute Geburtstag hatte?

Heute wurde er dreizehn. Dieser Geburtstag war für einen Jedi-Schüler ein wichtiges Datum. Er war jetzt offiziell ein Padawan. Der Tradition folgend wurde sein Geburtstag nicht mit einer Feier begangen, sondern in Ruhe verbracht, voller Nachdenklichkeit und Meditation. Obi-Wan wusste, dass er gemäß dieser Traditionen ein bedeutungsvolles Geschenk von seinem Meister erhalten sollte.

Qui-Gon hatte an diesem Morgen nichts davon erwähnt. Weder als sie gegessen hatten noch während der Reisevorbereitungen oder auf dem Weg zur Landeplattform. Qui-Gon hatte kaum drei Worte gesprochen. Hatte er es vergessen? Wusste er es überhaupt? Obi-Wan war versucht, ihn daran zu erinnern, doch ihre Verbindung war noch nicht genug gefestigt. Er wollte vermeiden, dass sein Meister ihn für einen gierigen, selbstsüchtigen Jungen oder gar einen Nörgler hielt.

Yoda hatte es Qui-Gon sicher gesagt. Obi-Wan wusste, dass die beiden Jedi-Meister in stetigem Kontakt standen. Oder die bevorstehende Mission war derart wichtig, dass auch Yoda seinen Geburtstag vergessen hatte.

Sie gingen am letzten Verkaufsstand vorbei und kamen zur Landeplattform. Die Gouverneurin von Bandomeer hatte als Dank für die gute Arbeit der Jedis einen Transportflug organisiert. Sie hatte ein kleines Handelsschiff gefunden, das die beiden zum Planeten Gala mitnehmen würde. Obi-Wan wusste, dass das Gespräch auf die bevorstehende Mission kommen würde, wenn sie erst einmal Bord des Schiffes waren. Sollte er Qui-Gon jetzt sagen, dass er heute Geburtstag hatte?

Auf dem Flugfeld lud ein großer, schlaksiger Pilot Transportkisten in sein Schiff. Obi-Wan erkannte die langen, biegsamen Arme eines Phindaners. Obi-Wan beschleunigte seine Schritte, um zu ihm zu gehen, doch Qui-Gon legte eine Hand auf seine Schulter.

„Schließe deine Augen, Obi-Wan", sagte er.

Obi-Wan stöhnte innerlich. *Nicht jetzt!*, bettelte er. Er wusste, dass Qui-Gon ihm eine klassische Jedi-Übung aufgeben wollte: *Aufmerksamkeit gegenüber dem Moment verleiht Wissen.* Im Tempel war Obi-Wan immer sehr gut in dieser Übung gewesen. Doch heute Morgen war er völlig durcheinander und konnte an kaum etwas anderes als an seinen Geburtstag denken.

„Was siehst du?", fragte Qui-Gon.

Mit geschlossenen Augen sammelte Obi-Wan seine Gedanken, als wären sie Federn in einem Sturm. Er pickte kleine Beobachtungen aus der Luft, erinnerte sich an Dinge, die zwar seine Augen wahrgenommen hatten, die aber nicht in sein Bewusstsein gedrungen waren.

„Ein kleines Transportschiff mit einem tiefen Kratzer in der rechten Flanke, mehrere Beulen unterhalb des Cockpits. Ein phindanischer Pilot mit Fliegermütze, Sonnenbrille und schmutzigen Fingernägeln. Zwölf Frachtkisten, die bereitstehen, um eingeladen zu werden, eine Fliegertasche, ein Medpac ..."

„Der Hangar", sagte Qui-Gon sanft.

„Ein alter Steinbau mit drei Docking Bays. Risse, die senkrecht durch den Stein verlaufen, eine grüne Kletterpflanze, die sich links von der Decke drei Meter weit nach unten schlängelt, eine lila Blume vier Meter tiefer ..."

„Sechs Meter", verbesserte Qui-Gon streng. „Öffne deine Augen, Obi-Wan."

Er öffnete die Augen. Qui-Gons stechend blauer Blick beobachtete ihn und gab ihm das Gefühl, als läge sein Lichtschwert auf dem Boden herum oder als wäre seine Tunika schmutzig.

„Bist du durch etwas abgelenkt, Obi-Wan?", fragte er.

„Es ist meine erste offizielle Mission, Meister", sagte Obi-Wan. „Ich möchte alles richtig machen."

„Du wirst das tun, was du tun wirst", antwortete Qui-Gon in neutralem Ton. Er wartete und wandte seinen Blick nicht von Obi-Wans Gesicht. Einem Jedi-Padawan war es verboten, seinen Meister anzulügen, die Wahrheit zu verheimlichen oder sie auch nur zu verschleiern.

Obi-Wan zwang seine Füße, still zu halten und seinen Augen, Qui-Gons Blick nicht auszuweichen. „Vielleicht bin ich durch etwas Persönlicheres abgelenkt, Meister."

Ein Anflug von Heiterkeit erhellte plötzlich Qui-Gons Augen. „Ah. Vielleicht durch einen Geburtstag?"

Obi-Wan nickte. Er konnte sich ein Grinsen nicht verkneifen.

„Dann hättest du wohl gern dein Geschenk." Qui-Gon runzelte die Stirn.

Er hatte es also doch vergessen!, dachte Obi-Wan. Doch einen Augenblick später griff Qui-Gon in die Tasche seiner Tunika. Seine große, starke Hand kam wieder hervor und hielt etwas verborgen.

Obi-Wan starrte erwartungsvoll auf die Hand. Normalerweise dachten die Meister wochen- oder monatelang über ihre Geschenke nach. Oftmals reisten sie über weite Distanzen, um einen heilenden Kristall zu bekommen. Oder ein Tuch oder einen Mantel von den Webern auf Pasmin, die wärmende Stoffe aus solch feinem Material webten, dass sie fast nichts wogen.

Qui-Gon legte einen glatten, runden Stein in Obi-Wans Hand.

„Ich habe ihn vor Jahren gefunden", erklärte Qui-Gon. „Als ich so alt war wie du."

Obi-Wan stierte höflich den Stein an. Hatte er irgendeine besondere Kraft?

„Ich fand ihm im Fluss des Lichtes auf meinem Heimatplaneten", fuhr Qui-Gon fort.

Und?, fragte sich Obi-Wan. Doch Qui-Gon schwieg. Obi-Wan wurde klar, dass das Geschenk seines Meisters genau das war, was es zu sein schien: ein Stein.

Qui-Gon war kein gewöhnlicher Jedi-Meister. Obi-Wan wusste das. Also sah er sich das Geschenk noch einmal an. Seine Finger umschlossen den Stein. Er fühlte sich ebenmäßig an, wie poliert. Obi-Wan mochte das Gefühl in seiner Hand. Und wenn er den Stein gegen die Sonne hielt, konnte er tiefrote Streifen im schimmernden Schwarz erkennen. Er stellte fest, dass es ein sehr schöner Stein war.

Er sah Qui-Gon an. „Vielen Dank, Meister. Ich werde ihn hüten."

„Und hast du das Geburtstagsritual eines Padawans befolgt?", fragte Qui-Gon. „Nur wenn wir uns an die Vergangenheit erinnern, können wir von der Gegenwart lernen."

An seinem dreizehnten Geburtstag musste sich jeder Padawan Zeit zum stillen Nachdenken nehmen. Sowohl gute als auch schlechte Erinnerungen mussten durchdacht werden, der Padawan musste über sie meditieren.

„Ich habe noch nicht die Zeit dafür gehabt, Meister", gab Obi-Wan zu. Seine Mission auf Bandomeer war voller Gefahren gewesen – unter anderem war er entführt und auf einer Minenplattform ausgesetzt worden. Qui-Gon wusste, dass er keine Zeit gehabt hatte. Wieso also fragte er?

„Ja, Zeit ist schwer fassbar", sagte Qui-Gon unbewegt. „Es ist dennoch am besten, sie aufzuspüren. Komm, der Pilot wartet."

Obi-Wan folgte Qui-Gon. Er musste gegen ein Gefühl der Hoffnungslosigkeit kämpfen. Würde er jemals seinen Meister zufrieden stellen können? Qui-Gon hatte ihm erst jüngst das starke Fundament seines Vertrauens geschenkt und dennoch fühlte er sich, als hinge er in der Luft. Jetzt wurde ihm klar, dass das Einzige, was Qui-Gon ihm jemals gegeben hatte, ein Stein war.

Kapitel 2

„Zwei Minuten noch", rief ihnen der Pilot zu, als sie näher kamen. „Ich bin fertig mit dem Laden."

„Ich bin Qui-Gon Jinn und das ist Obi-Wan Kenobi."

„Ja, Riesenüberraschung, Jedis sind nicht schwer zu erkennen", maulte der Pilot und hob eine Packbox auf.

„Und du bist …?", fragte Qui-Gon.

„Der Pilot. Ich bin, was ich mache." Er hatte die rot gefleckten, gelben Augen eines Phindaners und Hände, die auf Höhe der Knie baumelten.

„Du bist ein Phindaner", sagte Obi-Wan. „Ich habe einen Freund … äh, jemand, den ich kenne, ist ein Phindaner. Sein Name ist Guerra." Guerra war ein ehemaliger Minensklave auf der Plattform, auf der Obi-Wan gefangen gehalten worden war. Er hätte beinahe sein Leben verloren, um Obi-Wan zu retten.

„Und, was ist mit ihm?", fragte der Pilot schroff. „Muss ich jeden Phindaner in der Galaxis kennen?"

„Nein, natürlich nicht", antwortete Obi-Wan verwirrt. Die Unfreundlichkeit des Piloten überraschte ihn. Es war fast so, als hätte Obi-Wan ihn angegriffen.

„Dann lasst mich einladen und geht an Bord", meinte der Pilot barsch.

„Komm, Obi-Wan", sagte Qui-Gon.

Obi-Wan folgte Qui-Gon in das Cockpit. Sie nahmen Platz.

„Für unsere erste gemeinsame Mission hat Yoda etwas ausgesucht, von dem er glaubt, es wird ein Routineauftrag werden", erzählte Qui-Gon. „Natürlich hat Yoda auch gesagt: ‚Wenn Routine es ist, was erwartet ihr, eure Hoffnungen enttäuscht sein werden.'"

Obi-Wan grinste. „Es ist besser, nichts zu erwarten und sich von jedem Augenblick überraschen zu lassen", sagte er. Das hatte man ihm im Tempel beigebracht.

Qui-Gon nickte. „Der Planet Gala wurde lange Jahre von der Beju-Tallah-Dynastie regiert. Sie haben es geschafft, eine Welt zu vereinen, deren Stämme einander hassen. Es gibt drei Stämme auf Gala – das Stadtvolk, das Hügelvolk und das Seevolk. Aber leider wurden die Tallah-Anführer im Laufe der Jahre korrupt. Sie plünderten den Wohlstand des Planeten und jetzt stehen die Einwohner kurz vor einer Revolte. Die alte Königin weiß das. Anstatt den Thron ihrem Sohn Prinz Beju zu übergeben, hat sie Wahlen zugestimmt. Das Volk wird zwischen drei Kandidaten entscheiden, der Prinz ist einer davon. Er war die meiste Zeit seines Lebens völlig abgeschirmt. Die Königin hatte Angst um seine Sicherheit. Er wurde jedoch als Führer erzogen und will daher unbedingt den Thron besteigen."

„Wahlen scheinen für diesen Planeten etwas Gutes zu sein", bemerkte Obi-Wan.

„Ja, es ist immer klüger, sich Veränderungen anzupassen", stimmte Qui-Gon zu. „Dennoch sträuben sich noch immer ein paar der Beteiligten. Zum Beispiel Prinz Beju. Es wurde uns gesagt, dass er keineswegs glücklich darüber ist, sich einer Wahl des Volkes stellen zu müssen. Er ist der Meinung, die Herrschaft über Gala stünde ihm rechtmäßig zu. Wir werden als Wächter des Friedens dabei sein und darauf achten, dass die Wahlen störungsfrei ablaufen."

„Gibt es Anzeichen dafür, dass der Prinz etwas plant?", fragte Obi-Wan.

„Yoda sagte Nein", gab Qui-Gon zurück. „Doch er meinte auch, dass wir uns nicht darauf verlassen können." Qui-Gon seufzte. „Die Unterhaltung mit Yoda war typisch. Wir sollten auf alles vorbereitet sein."

Der Pilot begab sich zu seinem Sitz und checkte alles durch. Er lehnte sich nach vorn, um den Kurs in den Navigationscomputer einzugeben. „Ich werde euch auf Gala absetzen und weiterfliegen", sagte er. „Jetzt sitzt still und redet nicht so viel."

Qui-Gon und Obi-Wan tauschten amüsierte Blicke aus. Wurden sie vom unfreundlichsten Piloten der Galaxis geflogen?

Das Schiff hob ab und innerhalb von Sekunden war Bandomeer nur noch ein Planet unter vielen, eine graue Welt im tiefblauen All. Obi-Wan sah sich den Planeten durch das Fenster an. Dort unten lebten die Freunde, die er gewonnen hatte, ihr Leben ging weiter.

„Ich frage mich, was Si Treemba wohl macht", sagte Obi-Wan leise.

„Wahrscheinlich steckt er seine Nase in Sachen, die ihn nichts angehen", meinte Qui-Gon. Doch Obi-Wan wusste, dass der Jedi Si Treemba so mochte, wie er war. Sein arconischer Freund war ebenso loyal wie tapfer gewesen.

„Er und Clat'Ha werden auf Bandomeer alle Hände voll zu tun haben", sagte Qui-Gon und sprach damit von einer weiteren Freundin. „Es wird noch sehr lange dauern, bis die natürlichen Ressourcen auf dem Planeten regeneriert sind."

„Ich vermisse auch Guerra", sagte Obi-Wan mit einem Seufzer. „Er war ein treuer Freund."

„Ein treuer Freund?" Qui-Gon runzelte die Stirn. „Er hat dich an die Wachen verraten. Du bist seinetwegen fast ums Leben gekommen."

„Aber dann hat er mich gerettet", erinnerte ihn Obi-Wan. „Es stimmt, die Wachen haben mich vom Bohrturm geworfen. Doch Guerra hat dafür gesorgt, dass ich von einer Schlinge aufgefangen wurde."

„Du hast Glück gehabt, Obi-Wan", sagte Qui-Gon. „Die Macht hat dir geholfen, sicher zu landen. Deine Meinung über deinen Freund kann ich leider nicht teilen. Wenn jemand von sich selbst behauptet, man könne ihm nicht trauen, dann ist es besser, dies zur Kenntnis zu nehmen. Ich möchte nicht behaupten, dass Guerra böse ist, aber ich würde vor so einem Charakter sicherlich auf der Hut sein."

Plötzlich kippte das Schiff unruhig.

„Ups, 'tschuldigung. Ziemlich komisches Raumloch", sagte der Pilot. „Zu viel ablenkendes Gequatsche hinter mir. Zeit für den Hyperraum."

Das Schiff schoss in den Hyperraum. Bandomeer verschwand in einem Meer von Sternen. Obi-Wan war aufgeregt. Er war auf dem Weg zu seiner ersten offiziellen Mission.

Sie waren auf halbem Weg nach Gala, als plötzlich ein Warnlicht piepend auf dem Instrumentenpanel zu blinken begann.

„Keine Sorge", meinte der Pilot. „Nur ein kleines Treibstoffleck."

„Ein Treibstoffleck?", fragte Qui-Gon. Das Piepen wurde schlagartig zu einem lauten Sirenenton.

„Ups, Sorgen", sagte der Pilot. Er schaltete die Anzeigen ab. „Ich muss den Hyperraum verlassen und auf dem nächsten Planeten landen." Schnell gab er die Informationen in den Navigationscomputer ein. „Kein Problem", fuhr er fort und pfiff dabei lässig durch die Zähne.

Das Schiff schüttelte sich, als es in den Normalraum zurückfiel. Plötzlich wurde der Comm Unit lebendig.

„Identifizieren Sie sich!", verlangte eine laute Stimme.

„Ah“, murmelte der Pilot. „Diese Welt ist unfreundlich.“

„Welcher Planet ist es?“, fragte Qui-Gon.

„Der, der für fremde Schiffe gesperrt ist“, brummte der Pilot.

„Identifizieren Sie sich oder Sie werden zerstört!“, dröhnte die Stimme.

„Dann such einen anderen Planeten!“, schlug Qui-Gon scharf vor. Er begann die Geduld zu verlieren.

„Notfall.“ Der Pilot lehnte sich über den Comm Unit. „Wir haben einen Notfall an Bord. Und Jedis! Es ist ein Jedi-Notfall! Erbitte Landeerlaubnis ...“

„Erlaubnis nicht erteilt! Wiederhole: Erlaubnis nicht erteilt!“

Qui-Gon starrte durch das Sichtfenster. „Wo sind wir, Pilot? Wir müssten in der Nähe von Gala sein. Dies hier sollte ein bewohntes System sein. Es muss einen anderen Ort geben, wo wir landen können!“

„Ist nicht so!“, schrie der Pilot, als er das schwankende Schiff nach rechts lenkte.

Ist nicht so? Obi-Wan zuckte bei dem Ausdruck zusammen. Sein Freund Guerra hatte ihn so oft benutzt!

„Warum nicht?“, fragte Qui-Gon energisch.

Plötzlich erschienen zwei Raumjäger, positionierten sich an den Seiten und flankierten sie. Laserkanonen begannen zu feuern.

„Weil wir angegriffen werden!“, schrie der Pilot.

Kapitel 3

Der Pilot versuchte zu entkommen, als die Raumjäger auf sie zuflogen. Obi-Wan wurde gegen die Konsole geworfen.

„Ich glaube, ich kann sie abhängen", stieß der Pilot hervor, als das Schiff vom Laserfeuer durchgeschüttelt wurde.

„Halt!", brüllte Qui-Gon. Er stürzte nach vorn und riss dem Piloten die Kontrollen aus der Hand. „Bist du wahnsinnig? Dieser Transporter kann es doch nicht mit zwei Raumjägern aufnehmen!"

„Ich bin ein guter Pilot!", sagte der Pilot wild. „Könnt Ihr nicht eure Macht benutzen?"

Qui-Gon warf ihm einen scharfen Blick zu und schüttelte dann den Kopf. „Wir können keine Wunder bewirken", sagte er streng. „Die Raumjäger drängen uns nach unten ab. Wenn wir ihnen nicht folgen, werden sie uns einfach ins Weltall pusten."

Mürrisch nahm der Pilot die Kontrollen wieder in die Hand. Die Raumjäger kamen näher, flankierten sie und führten sie in Richtung der Planetenoberfläche. Als die Landeplattform in Sicht kam, warteten sie, bis sie sicher sein konnten, dass der Transporter landete. Dann zischten sie davon.

Langsam setzte der Pilot den Transporter ab. Qui-Gon ging zu den Sichtfenstern, um einen Überblick über die Landeplattform zu bekommen. „Killer-Droiden umstellen das Schiff", berichtete er.

„Das klingt nicht gut", sagte der Pilot nervös. „Ich habe ein paar Blaster und Protonengranaten ..."

„Nein", unterbrach ihn Qui-Gon. „Wir werden nicht kämpfen. Sie sind hier, um uns zu bewachen, bis irgendjemand kommt. Sie werden uns nicht angreifen."

„Da wäre ich mir nicht so sicher", merkte der Pilot an und beäugte die Droiden misstrauisch.

„Ich bin bereit, Meister", sagte Obi-Wan.

„Dann komm." Qui-Gon zog den Hebel für die Ausstiegsrampe. Er ging nach draußen, dicht gefolgt von Obi-Wan. Der Pilot lauerte oben an der Rampe.

Die Killer-Droiden wandten sich ihnen zu, doch ihre eingebauten Blaster blieben ausgeschaltet. „Siehst du, sie sind nur als Begleitung hier", sagte Qui-Gon ruhig. „Mach keine plötzlichen Bewegungen."

Obi-Wan ging die Rampe hinunter und behielt dabei die Droiden im Auge. Sie waren Tötungsmaschinen, auf bedingungslosen Kampf programmiert. Auf was für einer Welt waren sie gelandet?

Als sie den Fuß der Rampe erreichten, hob Qui-Gon

langsam die Hände. „Wir sind Jedi-Ritter …“, begann er, doch seine Worte wurden von Blasterfeuer abgeschnitten. Die Killer-Droiden griffen an!

Obi-Wan hörte den Umhang seiner Meisters flattern, als Qui-Gon einen Satz machte, sich drehte und auf einem Stapel alter, metallener Körbe landete. Auch Obi-Wan bewegte sich. Noch bevor er nachdenken konnte, war er über die Köpfe der ersten Droidenreihe gesprungen. Sein Lichtschwert war bereits in seiner Hand. Er zündete es und sah das beruhigende blaue Glühen.

Er konnte das *Klick* und *Wrrr* der Gelenke der Droiden hören, als sie sich umdrehten, um Qui-Gon und Obi-Wan besser ins Visier zu bekommen. Doch die Jedis waren schneller und beweglicher als die Killer-Droiden. Obi-Wan bemerkte, dass er Dank der Macht und seines eigenen Wahrnehmungsvermögens genau voraussagen konnte, wann sich welcher Droide bewegen würde.

Qui-Gon sprang von dem Korbstapel herunter. Mit einem Hieb durchschnitt er drei Droiden. Ihre Metallköpfe schlugen auf den Boden und holperten davon. Ihre Körper zuckten noch und klappten dann zusammen.

Obi-Wan schlug durch den ersten Droiden zu seiner Rechten und nutzte den Schwung aus, um sich zu drehen und in die Beine des Nächsten zu rollen. Der Droide wankte und versuchte zu zielen, als Obi-Wan mit dem Lichtschwert durch seine dünnen Beine säbelte. Als der Droide hingefallen war, richtete Obi-Wan einen Hieb auf dessen Kontrollpanel auf der Brust. Der Droide blieb bewegungslos liegen.

Doch Obi-Wan war bereits mit dem Nächsten und Übernächsten beschäftigt. Er spürte Qui-Gons Bewegungen hinter sich und wusste, dass Qui-Gon die Droiden zur steil aufragenden Wand der Landeplattform trieb. Kämpfend, schlagend und immer in Bewegung bleibend schaffte es Obi-Wan, an die Seite der Droidengruppe zu kommen und sie dorthin zu treiben, wo Qui-Gon sie haben wollte.

Nur noch vier Droiden waren auf den Beinen, als die Jedis sie gegen die Wand manövriert hatten. Gemeinsam konnten Obi-Wan und Qui-Gon das pausenlose Blasterfeuer ablenken und dann mit einer plötzlichen Bewegung die Beingelenke der Droiden durchschlagen. Die vier klappten zu einem Haufen zusammen und Qui-Gon stieß noch einmal zu, um sicher zu stellen, dass sie für immer liegen blieben.

Er drehte sich zu Obi-Wan um. Seine blauen Augen funkelten.

„Es war also keine Begleitung“, sagte er. „Ich habe mich getäuscht. Das kommt vor.“

Obi-Wan wischte sich mit dem Ärmel seiner Tunika den Schweiß vom Gesicht. Er hängte das Lichtschwert zurück an den Gürtel.

„Ich erinnere mich“, sagte er grinsend.

Qui-Gon drehte sich um und suchte stirnrunzelnd den Hangar ab. „Wo ist dieser verdammte Pilot?“

Der Phindaner war verschwunden.

Qui-Gon ging die Rampe hoch zurück ins Schiff. Die Kontrollkonsole war vom Blasterfeuer zerstört worden.

„Sie müssen einen Droiden dafür abgestellt haben, während wir gegen die anderen gekämpft haben“, sagte Qui-Gon. „Jetzt können wir nicht mehr abheben.“

Qui-Gon griff nach seinem Comlink. Er tippte die Daten für eine Verbindung mit Yoda ein, doch nichts passierte. „Auf dieser Welt muss die Kommunikation gestört sein“, murmelte er. „Offensichtlich wollen sie nicht, dass man sich einmischt.“

„Was werden wir tun, Meister?“, fragte Obi-Wan.

„Wir müssen mit dem Piloten sprechen“, gab Qui-Gon zurück.

„Aber wie finden wir ihn?“

Qui-Gon verzog den Mund. „Keine Sorge. Er wird uns finden.“

Kapitel 4

Sie verließen die Landeplattform und folgten einer schmalen, gewundenen Straße in das Zentrum einer Stadt. Qui-Gon wies Obi-Wan an, seine Kapuze hochzuschlagen, damit sein Gesicht verdeckt war.

„Wir müssen auf Phindar sein“, murmelte Qui-Gon. „Alle, an denen wir bis jetzt vorbeigekommen sind, waren Phindaner und ich weiß, dass wir in der Nähe von Gala sind. Das hier ist möglicherweise ihre Hauptstadt Laressa. Ich glaube nicht, dass hier viele Außenweltler verkehren. Wir sollten versuchen, kein Aufsehen zu erregen. Halte deine Arme im Gewand versteckt.“

Obi-Wan befolgte seine Anweisung. „Aber Meister, wieso sagtet Ihr, dass der Pilot uns finden wird? Woher wisst Ihr das?“

„Unsere Landung hier war kein Unfall, Obi-Wan.“

Obi-Wan war es wie ein Unfall vorgekommen, aber er war klug genug, den Mund zu halten. Stattdessen wandte er seine Aufmerksamkeit der Umgebung zu. Er war jetzt nicht mehr abgelenkt. Er vergaß, dass er Geburtstag hatte, vergaß alles, beobachtete nur seinen Meister, der durch die

Straßen ging. Als sie weiter ins Zentrum der Stadt kamen und die Straßen immer dichter bevölkert waren, veränderte sich Qui-Gon. Normalerweise gebot allein die Haltung des Jedi-Meisters Aufmerksamkeit. Er war ein großer, kräftig gebauter Mann und bewegte sich voller Anmut.

Doch auf diesem Planeten bewegte sich Qui-Gon anders. Er legte all das ab, was ihn einzigartig machte und ging in der Menge auf. Obi-Wan beobachtete ihn und lernte. Auch er passte seine Schritte der Umgebung an. Er sah sich an, was die Passanten ansahen, sah wieder weg, sah nach vorn, alles ihm Rhythmus der Leute auf der Straße. Er sah, dass Qui-Gon dasselbe tat. Der aufmerksame Blick war von Qui-Gons Gesicht verschwunden, doch Obi-Wan wusste, dass er alles genau registrierte.

Phindar war eine eigenartige Welt. Die Leute waren schlicht angezogen und Obi-Wan sah, dass ihre Kleidung schon oft geflickt worden war. Displays an Läden scrollten Wörter wie HEUTE KEINE WARE oder GESCHLOSSEN BIS ZUR NÄCHSTEN LIEFERUNG durch. Phindaner lasen die Schilder seufzend und trotteten mit leeren Einkaufskörben weiter. Schlangen hatten sich vor verriegelten Läden gebildet, so als ob die Phindaner erwarteten, dass die Geschäfte bald öffneten.

Killer-Droiden waren überall. Ihre Gelenke klickten, die Köpfe drehten sich dauernd. Auf der schlammigen, unbefestigten Straße zischten glänzende Landgleiter ohne Rücksicht auf Passanten umher – für sie gab es keine Verkehrsregeln.

Qui-Gon bemerkte eine eigenartige Spannung unter den Phindanern und er griff nach der Macht, um die Situation zu erfassen und zu verstehen. Welches Gefühl herrschte um ihn herum vor?

„Angst", merkte Qui-Gon gedämpft an. „Überall."

Eine Gruppe von drei Phindanern erschien plötzlich auf dem Gehweg. Sie trugen lange, metallisch-silberne Mäntel, gingen Schulter an Schulter. Verspiegelte Visiere vor ihren Gesichtern reflektierten das Sonnenlicht. Die anderen Phindaner wichen schnell vom Gehweg auf die matschige Straße aus. Obi-Wan blieb verwundert stehen. Die anderen waren so schnell und ohne nachzudenken in dem Matsch ausgewichen, dass es wie selbstverständlich erschien. Die silbern bekleideten Phindaner wurden nicht langsamer, sondern nahmen den gesamten Gehweg ein, als wäre es ihr Recht.

Qui-Gon zog Obi-Wan heftig am Umhang und beide gingen vom gepflasterten Gehweg auf die schlammige Straße. Die silber gekleideten Männer liefen an ihnen vorbei.

Sobald sie vorüber waren, kamen die anderen Phindaner wortlos wieder zurück auf den Gehweg. Sie schauten weiter in die Läden und gingen wieder weg, wenn sie herausgefunden hatten, dass es dort nichts zu kaufen gab.

„Ist dir nichts Eigenartiges an ihren Gesichtern aufgefallen?", murmelte Qui-Gon. „Sieh dir ihre Gesichter an."

Obi-Wan betrachtete die Gesichter der Passanten. Er sah Resignation und Verzweiflung. Doch langsam wurde ihm klar, dass auf manchen Gesichtern ... nichts zu sehen war. Nur eine seltsame Leere in deren Augen.

„Hier stimmt etwas nicht", bemerkte Qui-Gon ruhig. „Das ist mehr als Angst."

Plötzlich kam ein großer, goldener Landgleiter um die Ecke geheult. Die Phindaner auf der Straße huschten in Sicherheit, die anderen auf dem Gehweg pressten sich gegen die Gebäude.

Obi-Wan fühlte die dunkle Seite der Macht aus dem goldenen Landgleiter hervorschimmern. Mit einer leichten Berührung an der Schulter bedeutete Qui-Gon Obi-Wan, sich schnell und unauffällig zurückzuziehen. Sie verschwanden in einer Seitenstraße und sahen, wie der Gleiter vorbeizog.

Ein silberfarben bekleideter Fahrer bediente die Kontrollen. Hinter ihm saßen zwei Gestalten in langen, goldenen Mänteln. Die Phindanerin hatte wunderschöne orangefarbene Augen mit Einsprengseln des selben Goldes wie das ihres Mantels. Der Mann neben ihr war größer als die meisten Phindaner und hatte die selben langen, kräftigen Arme. Er trug kein verspiegeltes Visier und seine kleinen, bronzefarbenen Augen schweiften mit arrogantem Blick über die Straßen.

Obi-Wan brauchte keine Aufgabenstellung wie im Tempel, um alles genau zu beobachten. Seine Sinne waren in Alarmbereitschaft. Qui-Gon hatte Recht. Hier stimmte etwas ganz und gar nicht. Jedes Detail, das er gesehen hatte, sagte ihm das. Hier war das Böse verbreitet.

Der goldene Gleiter zischte um eine Ecke und fuhr dabei beinahe ein Kind an, das von seiner verzweifelten Mutter gerade noch in Sicherheit gezogen wurde. Obi-Wan starrte dem Gleiter ungläubig nach.

„Los, Obi-Wan", sagte Qui-Gon. „Lass uns zum Markt gehen."

Sie überquerten die Straße und erreichten einen großen Platz. Es war ein Freiluftmarkt wie die, die Obi-Wan auf Bandomeer und Coruscant gesehen hatte. Nur dass es hier zwar eine Menge von Ständen, aber nichts zu kaufen gab. Ein paar Schrottteile, mit denen man nichts anfangen konnte. Etwas verfaultes Gemüse.

Dennoch war der Markt voller Leute. Obi-Wan hatte nicht die geringste Idee, was sie wohl kaufen konnten. In einem Schaufenster auf der anderen Seite des Platzes konnte Obi-Wan einen Arbeiter sehen, der gerade ein Display anschaltete. Das Wort blinkte rot: BROT. Schlagartig drängte und schob die Masse zum Laden. Innerhalb von Sekunden gab es eine Schlange, die sich um den ganzen Platz erstreckte.

Obi-Wan und Qui-Gon verloren sich beinahe in dem Gedrängel. Dann plötzlich stand eine Gestalt neben Qui-Gon.

„So schön, die Jedis wieder zu sehen", bemerkte der Pilot in einem erfreuten Ton, als ginge es ums Wetter. „Bitte folgen."

Kapitel 5

Qui-Gon schlich hinter dem Piloten her, Obi-Wan folgte ihnen. Er hatte keine Idee, warum Qui-Gon gewusst hatte, dass der Pilot sie finden würde oder warum Qui-Gon sich von ihm führen ließ.

Der Pilot lief durch verwinkelte Straßen und enge Seitengassen. Er bewegte sich schnell, sah oft nach rechts und links, so als hätte er Angst, dass sie verfolgt würden. Obi-Wan war sich sicher, dass sie mehrmals den selben Weg gingen. Dann endlich blieb der Pilot vor einem Café mit derart schmutzigen Scheiben stehen, dass Obi-Wan nicht einmal hinein sehen konnte.

Der Pilot öffnete die Tür und bat sie, schnell hineinzugehen. Es dauerte einen Moment, bis sich Obi-Wans Augen an die Dunkelheit gewöhnt hatten. Ein paar kleine Halo-Lampen waren an den Wänden angebracht, doch sie erhellten die Düsternis kaum. Ein halbes Dutzend leerer Tische war im Raum verteilt. Ein ausgebleichter grüner Vorhang hing in einem Türrahmen.

Der Pilot zog den Vorhang zur Seite und führte die Jedis durch einen Korridor an einer winzigen, unordentlichen Küche vorbei in einen kleineren Raum weiter hinten. Der Raum war leer bis auf einen Gast, der mit dem Rücken zur Wand in einer Nische am weitesten vom Eingang entfernt saß.

Der Gast stand auf und breitete seine langen, phindanischen Arme aus.

„Obawan!", rief er.

Es war Obi-Wans Freund Guerra!

Guerras orangefarbene Augen funkelten Obi-Wan an. „Dass du endlich kommst, Freund! Wie froh ich bin, dich zu sehen, keine Lüge!"

„Ich freue mich auch, dich zu sehen, Guerra", gab Obi-Wan zurück. „Und bin überrascht."

„Ist eine Überraschung, ha!", kicherte Guerra. „Aber ich hatte nichts damit zu tun. Ist nicht so! Ich lüge! Ich glaube, du hast schon meinen Bruder Paxxi Derida kennen gelernt."

Der Pilot grinste sie an. „Es war mir eine Ehre, euch herzubringen. Gute Reise gehabt, ja?"

Qui-Gon sah Obi-Wan mit einer gehobenen Augenbraue an. Die gut gelaunten Derida-Brüder verhielten sich so, als hätten die Jedis eine Einladung für einen Besuch angenommen. Dabei waren sie entführt worden, man hatte auf sie geschossen und sie dann allein gelassen.

Qui-Gon ging in den Raum hinein. „Also hat der Pilot absichtlich Treibstoff abgelassen, oder nicht?"

„Bitte nennt mich Paxxi, Jedi-Gon", sagte Paxxi amüsiert. „Natürlich habe ich Treibstoff abgelassen. Wir haben nicht angenommen, dass Ihr einer Reise nach Phindar zustimmen würdet."

„Wusstest du davon?", fragte Obi-Wan Guerra.

„Nein, keine Ahnung", antwortete Guerra ernst.

„Ist nicht so, du lügst, Bruder!", sagte Paxxi und knuffte Guerra in die Rippen.

„Stimmt, ich lüge, das tue ich!", gab Guerra zu. „Ich war auf dem Schiff, versteckt im Frachtraum. Nachdem ich von der Minenplattform geflohen war, kamen die, die mich zurück zur Arbeit in den Minen holen wollten. Doch ich wollte nach Phindar. Hier bin ich also!"

„Aber warum hast du dich versteckt?", fragte Obi-Wan. „Und wenn du ein gebürtiger Phindaner bist, warum landest du nicht einfach?"

„Gute Frage, sehr klug, Obawan", sagte Guerra ernst. „Zuallererst einmal gibt es da eine Blockade. Und zweitens sind vor allem Kriminelle nicht willkommen, auch dann nicht, wenn sie von Phindar stammen."

„Du bist ein Krimineller?" Obi-Wan konnte es nicht glauben.

„Oh ja, aber bloß ein ganz kleiner", sagte Guerra.

„Ist nicht so, Bruder! Auf deinen Kopf ist ein Preis ausgesetzt!", kicherte Paxxi. „Wie auf meinen! Die Killer-Droiden sind angewiesen, sofort auf mich zu schießen!"

„Ist so, es stimmt, Bruder!", erklärte Guerra. „Du hast wieder Recht, zum ersten Mal!"

„Wer hat ein Kopfgeld auf euch ausgesetzt?", fragte Qui-Gon. Obi-Wan konnte sehen, dass er angesichts der Deridas irritiert und amüsiert war. „Und wofür?"

„Das Syndikat", antwortete Guerra. Sein freundliches Gesicht verfinsterte sich. „Eine riesige Verbrecherorganisation, die die Kontrolle über Phindar übernommen hat. Die Dinge laufen hier ziemlich schlecht, Jedi. Ich bin sicher, Ihr habt das sogar in der kurzen Zeit gesehen, in der Ihr hier seid. Sie haben auch die Blockade eingerichtet. Niemand kann gehen, niemand kann landen. Wir dachten eigentlich, dass das Syndikat zwei Jedis niemals in Schwierigkeiten bringen würde. Wir hatten vermutet, sie würden euch landen, auftanken und wieder starten lassen. Dann hätten mein Bruder und ich uns herausschleichen und auf Phindar bleiben können. Einfacher Plan!" Guerra lobte sich selber. „Sehr klug! Ist nicht so", berichtigte er sich mit einem Blick auf Qui-Gon. „So hat es nicht geklappt ..."

„Nein, das hat es nicht", meldete sich Obi-Wan zu Wort. „Zuerst wurden wir von Killer-Droiden angegriffen. Und jetzt hängen wir auf Phindar fest, ohne Möglichkeit, wieder wegzukommen."

„Ah, darüber habe ich mir Gedanken gemacht", sagte Guerra. „Stimmt, es sieht so aus, als säßet Ihr fest. Aber obwohl der Haupt-Raumhafen vom Syndikat streng kontrolliert wird, gibt es Möglichkeiten, Leute vom Planeten zu bekommen, wenn man genug Geld hat."

„Aber wir sind Jedis", sagte Obi-Wan ungeduldig.

„Wir haben nicht viel Geld. Vielleicht solltet *ihr* bezahlen, immerhin ist es eure Schuld, dass wir hier gestrandet sind."

„Stimmt, Obawan! Wir sollten zahlen! Hast du das gehört, Paxxi?", fragte Guerra amüsiert. Er und Paxxi hielten sich gegenseitig an den Schultern fest und lachten sich laut ins Gesicht.

Schließlich wischte sich Guerra Tränen aus den Augen. „Guter Scherz, Obawan. Sehr witzig. Wir haben kein Geld. Aber bitte keine Sorgen. Wir haben eine Möglichkeit, Geld zu *bekommen*. Viel Geld. Wir kriegen das einfach hin. Nun, ist nicht so – wir könnten ein bisschen Hilfe von den Jedis brauchen."

„Ah", sagte Qui-Gon locker. Er fixierte Guerra mit seinem stechenden blauen Blick. „Jetzt kommen wir endlich zur Sache. Warum sagt ihr uns nicht den wahren Grund, weshalb wir hier sind … und weshalb ihr wollt, dass wir hier bleiben?"

Kapitel 6

Guerra lächelte Qui-Gon an. „Wartet, mein Freund. Ihr scheint sagen zu wollen, dass wir Euch getäuscht haben, ja? Ich und meinen Freund Obawan täuschen? Wie wäre so was möglich?"

Qui-Gon wartete.

„Oh, vielleicht habe ich das getan", sagte Guerra. „Aber aus einem wirklich guten Grund!"

„Aus welchem Grund, Guerra?", fragte Obi-Wan. „Und dieses Mal will ich die ganze Wahrheit erfahren."

„Ich sage immer die ganze Wahrheit, Obawan", versicherte ihm Guerra. „Na ja, ist nicht so. Doch jetzt werde ich es für euch machen, Ihr ehrenhaften Jedi-Männer. Aber wo fange ich an?"

„Warum erzählt ihr uns nicht, warum eine Todesstrafe auf euch ausgesetzt ist?", schlug Qui-Gon vor. „Das scheint mir ein guter Ausgangspunkt."

„Stimmt, ist so! Nun denn, ich denke, das Syndikat würde mich als Dieb bezeichnen", sagte Guerra.

„Nicht Dieb, Bruder!", unterbrach Paxxi ihn. „Ein Friedenskämpfer, der stiehlt!"

„Stimmt, danke Bruder", sagte Guerra und verneigte sich vor Paxxi. „Das bin ich. Und mein Bruder auch. Seht Ihr, das Syndikat kontrolliert alles. Lebensmittel und Waren, die medizinischen Vorräte, Wärme – alles, was Phindaner zum Überleben brauchen. Es ist klar, dass man sich in einer solchen Situation Wege suchen muss, Dinge zu kaufen und zu verkaufen, die das Syndikat nicht kontrolliert."

„Ein Schwarzmarkt", half Qui-Gon weiter.

„Ja, ist so, ein Schwarzmarkt. So könnte man sagen", stimmte Guerra nickend zu. „Wir stehlen ein bisschen hier und verkaufen ein bisschen da. Doch alles zum Wohl der Leute!"

„Und zu eurem eigenen Gewinn", fügte Qui-Gon hinzu.

„Nun ja, auch das. Sollen wir noch mehr leiden, als wir es ohnehin tun?", fragte Paxxi. „Aber das Syndikat mag das nicht. Wenn wir schon stehlen, dann sollen wir es für sie tun. Und das lehnen wir ab."

„Wieso sollten wir unser Talent für eine Bande von Dieben verschwenden?", fragte Guerra und klopfte dabei auf den Tisch. „Klar, wir sind selber Diebe. Aber ehrliche!"

„Ist so, Bruder!", stimmte Paxxi zu. „Und wir sind keine Mörder und Diktatoren."

„Ist so, Bruder!", nickte Guerra. „Deswegen müssen wir unseren geliebten Planeten aus dem Würgegriff dieser Monster befreien. Der Anführer des Syndikats ist Baftu. Er ist ein gewissenloser Gangster. Es macht ihm Spaß, Leute leiden zu sehen!" Guerras orangefarbene Augen wurden traurig. „Und ich muss leider sagen, dass seine Assistentin Terra keinen Deut besser ist! Auch wenn sie noch so schön ist – ihr Herz ist schwarz und kalt."

„Das müssen die Phindaner gewesen sein, die wir in dem goldenen Landgleiter gesehen haben", sagte Obi-Wan.

„Hatten sie goldene Mäntel an?", fragte Paxxi. „Ja, das sind sie."

Guerra und Paxxi tauschten traurige Blicke aus. Sie schüttelten die Köpfe. All ihre Begeisterung war verschwunden.

„Was ist mit den Leuten, die wir auf der Straße gesehen haben?", fragte Qui-Gon. „Die mit den leeren Gesichtern."

Paxxi und Guerra sahen sich wieder traurig an.

„Die Erneuerten", sagte er leise. „So traurig."

„Ist so", stimmte Paxxi zu.

„Das ist die Methode der grenzenlosen Kontrolle", erklärte Guerra. „Kennt ihr den Memory-Löscher?"

Obi-Wan nickte. „Er wird benutzt, um Droiden neu zu programmieren. Er löscht alle Spuren der Erinnerung und des Trainings in ihrem Speicher, damit sie neu programmiert werden können."

Guerra nickte. „Das Syndikat hat ein Gerät entwickelt, mit dem sie dasselbe mit Phindanern machen können, von denen sie glauben, dass sie Rebellen oder ihre Feinde sind. Sie nehmen eine Gehirnwäsche vor. Sie löschen einfach die Erinnerung der Person und bringen sie zu einem anderen Planeten, irgendwo, wo es furchtbar ist. Die Person hat keine Erinnerung mehr daran, wozu sie einmal fähig war und wer das Syndikat ist. Für das Syndikat ist das ein Spiel. Sie schließen Wetten ab, wie lange die Person überleben wird. Ein Sonden-Droide folgt den Ausgesetzten und überträgt Holo-Bilder vom Geschehen. Die meisten überleben nicht."

Qui-Gons Gesicht wurde sehr ruhig. Obi-Wan hatte diesen Blick schon zuvor gesehen. Es war ein Blick, der zeigte, wie tief Qui-Gon über diese Ungerechtigkeit und schiere Boshaftigkeit erzürnt war.

„Manche von ihnen werden nicht auf andere Planeten geschickt", sagte Paxxi leise. „Das ist vielleicht noch das Traurigste von allem. Phindar ist voller entwurzelter Leute, die sich nicht an ihre Familien und Freunde erinnern. Oder an die Fähigkeiten, die sie einst hatten. Sie sind hilflos. In Phindar gibt es viele Leute, die an ihren Vätern, Frauen und Kindern vorübergehen, ohne sie zu erkennen."

„Ihr seht also", sagte Guerra, „das Syndikat macht vor nichts Halt. Das führt uns zu der Frage, wie ihr uns helfen könnt."

„Wenn die weisen Jedis so freundlich wären", fügte Paxxi hinzu.

„Ihr habt die Displays in den Geschäften und den Marktplatz gesehen. Das Syndikat sorgt für das knappe

Warenangebot. Es ist eine Methode, die Zeit zu kontrollieren, so wie die Erneuerung zur Gedankenkontrolle dient. Die Warenknappheit ist künstlich herbeigeführt. Wenn all die Leute den ganzen Tag in einer Schlange warten, nur um ihre Familien zu ernähren, haben sie keine Zeit zu revoltieren, versteht ihr? Bekommt man jemals genug? Ist nicht so. Die Waren werden so sparsam verteilt, dass man am nächsten Tag wieder in der Schlange stehen muss."

„Das Syndikat hat alles eingelagert, was wir brauchen", fuhr Paxxi fort. „Essen, medizinische Vorräte, Baumaterial, alles. Alles ist in Lagerhäusern versteckt. Wir wissen das."

„Und ein Teil davon liegt in gigantischen Lagern unter ihrem Hauptquartier hier in Laressa", sagte Guerra. „Seht Ihr unseren Plan? Wenn wir die Waren herausholen, können wir den Leuten zeigen, dass ihnen das Syndikat Essen und medizinische Güter vorenthält. Sie werden revoltieren! Alles, was wir brauchen, ist eure Hilfe. Ich habe gesehen, wie der Jedi auf der Minenplattform die Gedanken eines anderen beherrscht hat. Obawan hat eine Wache davon überzeugt, ihn in ein Lager zu lassen. Seht Ihr, er könnte hier das selbe tun!"

„Halt", sagte Qui-Gon kurz. „Erstens sind Jedi-Ritter keine Diebe. Zweitens haben wir selbst einen Auftrag auszuführen. Wir sind nicht hier, um uns in die Probleme eines anderen Planeten einzumischen. Und nur der Neugier halber: Wie wollt ihr beide all die Waren ohne Kampf aus dem Gebäude schaffen? Und wie könnt ihr annehmen, dass dies das Rückgrat einer solch mächtigen kriminellen Organisation brechen wird? Das Syndikat hat unter Garantie enorme finanzielle Mittel zur Verfügung. Wie sollte der Einbruch in ein solches Lager irgendetwas verändern?"

„Aha. Gut, Jedi-Gon. So klug, genau wie Obawan!", sagte Guerra und stieß Qui-Gon freundlich mit der Schulter an. „Lasst uns diskutieren. Zuerst muss ich Euch sagen, dass der Lagerbereich einen eigenen Eingang haben muss. Wie sonst sollten sie selbst die Waren hinein und hinaus schmuggeln? Also müssen wir nur hineingelangen, den Ausgang finden und – so einfach! Wir holen alles heraus!"

„Nicht so einfach", sagte Qui-Gon.

„Aber das Risiko wert, denke ich", beharrte Guerra. „Noch etwas muss ich sagen. Paxxi und ich wissen, dass dort außer den Lebensmitteln, medizinischen Gütern und Waffen auch noch ein Tresorraum liegt. Das gesamte Vermögen des Syndikats befindet sich dort!"

„Ein Tresorraum", wiederholte Qui-Gon. „Das bedeutet höchste Sicherheitsstufe."

„Ja, ist so!", gab ihm Guerra fröhlich Recht. „Aber Paxxi und ich haben den Schlüssel!"

„Wie seid ihr zu diesem Schlüssel gekommen?", fragte Obi-Wan.

„Ha! Er fragt, wie!", sagte Guerra zu Paxxi.

„Ha!", stimmte Paxxi zu. „Lange Geschichte!"

„Wir wissen auch einen Weg ins Gebäude“, erklärte Guerra. „Seht Ihr? Einfach. Und? Werdet Ihr mitkommen?“

„Nur, damit ich es richtig verstanden habe“, unterbrach Qui-Gon ungläubig. „Ihr wollt, dass zwei Jedis zwei einfachen Dieben helfen, einen Schatz von einem Haufen Gangster zu stehlen?“

Obi-Wan schwieg. Er war mit Qui-Gon einer Meinung. Eine solche Mission entsprach nicht gerade dem Stil der Jedis. Yoda würde niemals zustimmen. So sehr er Guerra auch mochte, er war froh, dass Qui-Gon Einspruch erhob.

„Ja, genau!“, sagte Guerra, noch immer begeistert, trotz Qui-Gons Irritation.

„Warte Bruder“, sagte Paxxi, „wir sollten es etwas genauer erklären. Wir sollten den Jedis versichern, dass wir weit mehr an der Befreiung unseres Volkes interessiert sind als am Stehlen eines Schatzes.“

„Ist so, genau!“, stimmte Guerra zu. „Nicht, dass uns ein kleiner Schatz dabei nicht helfen könnte …“

Guerra wurde von einem Warnsignal aus dem Café unterbrochen. Paxxi huschte schnell aus dem Raum, um nachzusehen, was los war. Innerhalb weniger Augenblicke war er wieder da.

„Es tut mir Leid“, sagte er. „Ich fürchte, es ist Zeit zu gehen. Killer-Droiden suchen leider nach uns allen!“

Kapitel 7

Qui-Gon sprang auf. Er war nicht versessen darauf, noch einmal auf diese tödlichen Killermaschinen zu treffen. „Gibt es hier einen Hinterausgang?"

„Besser als das, Jedi-Gon", gab Guerra zurück. „Folgt mir bitte."

Guerra ging zu einer Feuerstelle. Er drückte auf etwas, das Qui-Gon nicht sehen konnte. Die Wand glitt zur Seite und gab den Blick auf eine Öffnung frei.

Sie hörten ein Krachen aus dem Café. „Ich glaube, es ist Zeit, sich zu beeilen", bemerkte Guerra freundlich. „Du zuerst, Paxxi. Zeig Obawan den Weg."

Paxxi schlüpfte in die Öffnung, Obi-Wan und Qui-Gon folgten ihm. Guerra kam als Letzter und schloss die Öffnung hinter ihnen. Dort führte eine steinerne Treppe nach oben, über die Jahrhunderte ausgetreten von tausenden Schritten. Paxxi war schnell und Obi-Wan hing ihm an den Fersen. Am oberen Ende der Treppe ging er durch eine Gittertür und verschwand. Qui-Gon kletterte ebenfalls hinaus und sah, dass er auf einem Dach herauskam. Der Ausgang für die geheime Treppe war als Teil des Lüftungssystems getarnt. Guerra hängte das Gitter wieder ein.

Qui-Gon ging bis an die Kante des Daches und hockte sich in die Knie. Dann legte er sich flach auf den Bauch und rutschte ein paar Zentimeter vorwärts, um über den Rand zu spähen.

Killer-Droiden patrouillierten mit eckigen Bewegungen unten auf der Straße. Silbern gekleidete Wachen des Syndikats begleiteten sie mit Blastern im Anschlag. Truppen der Droiden drangen in ein Geschäft nach dem anderen ein. Sie warfen Stühle, Tische, Regale und Waren hinaus auf die Straße, als sie alles durchsuchten. Sie waren wie ein Insektenschwarm, der alles abräumte. Alle Phindaner, die das Pech hatten, gerade auf der Straße zu sein, huschten schnell davon, bevor die Killer-Droiden oder die Wachen des Syndikats ihnen einen Schlag mit dem Blasterkolben oder einem Elektro-Jabber verpassen konnten.

„Es sieht nicht so aus, als suchten sie etwas“, sagte Qui-Gon leise zu Guerra, der jetzt flach neben ihm lag. „Es sieht so aus, als wollten sie nur Terror verbreiten.“

„Ja, ist so, Jedi-Gon!“, stimmte Guerra nervös zu. „Und ihr Plan funktioniert.“

Qui-Gon erstarrte. „Schritte“, flüsterte er Guerra zu. „Sie kommen eine der äußeren Treppen hoch.“

„Zeit, zu verschwinden“, sagte Guerra. Er schob sich außer Sichtweite.

Er bedeutete Obi-Wan und Qui-Gon, ruhig zu bleiben. Mit Hilfe ihrer langen, kräftigen Arme schwangen sich die Brüder auf das nächste Dach. Qui-Gon sah Obi-Wan an. Der Abstand zwischen den beiden Dächern war sehr breit. Wenn Obi-Wan den Sprung nicht allein schaffen konnte, würde ihn Qui-Gon auf den Rücken nehmen müssen.

Er stellte stumm die Frage: Schaffst du es? Obi-Wan nickte sofort. Einmal mehr war Qui-Gon vom scharfen Instinkt des Padawan beeindruckt. Obi-Wan schien immer zu wissen, was er von ihm wollte.

Der Junge zögerte nur den Bruchteil einer Sekunde. Qui-Gon sah, wie er die Macht fließen ließ. Dann lief er mit langen Schritten auf die Kante des Daches zu und sprang. Die Macht und seine eigene Kraft trugen ihn sicher auf die andere Seite.

Qui-Gon sprang hinter ihm her. Obi-Wans Mut beeindruckte ihn oft genau so wie seine Instinkte.

Die Derida-Brüder waren bereits auf halber Strecke über das nächste Dach hinweg. Sie benutzten ihre langen Arme, um sich vom Boden abzustoßen, damit sie schneller waren. Guerra sah nach hinten, um sicherzugehen, dass die Jedis nachkamen.

Qui-Gon und Obi-Wan holten auf und alle vier sprangen auf das nächste Dach. Dort war ein Aufbau, ein kleiner Schuppen für einen Generator. Sie versteckten sich dahinter. Sie verhielten sich einen Augenblick lang still und horchten in der Hoffnung, ihre Verfolger wären ihnen nicht so weit nachgegangen.

Doch sie hörten, wie jemand auf das Dach sprang. Der Verfolger befand sich außerhalb des Blickwinkels, kam aber näher. Paxxi stieß ein gedämpftes Knurren aus. Die vier gingen leise, aber schnell zum Ende des Daches. Guerra erreichte es zuerst. Er griff nach der Kante und schloss seine Finger darum, bereit zum Sprung.

Plötzlich griff eine Hand nach Guerras Hals. Er gab ein würgendes Geräusch von sich. Qui-Gon wirbelte herum. Er war bereit, die phindanische Frau anzugreifen, die Guerra festhielt.

„Guerra, ich bin es! Kaadi!", sagte die Frau.

„K-K-aaa...", antwortete Guerra.

„Oh. Tut mir so Leid", sie ließ Guerras Hals los. „Ich habe nur versucht, dich aufzuhalten. Du läufst so schnell."

„Nicht schnell genug, sehe ich", sagte Paxxi vergnügt. „Gut für uns! Wir haben dich vermisst, Kaadi."

Guerra, Paxxi und Kaadi legten ihre langen Arme umeinander und drückten sich dreimal fest, womit sie auf phindanische Art ihr große Zuneigung bekundeten. Sie hielten ihre Gesichter eine Augenblick dicht beieinander und lächelten sich an.

Während er sich den Hals rieb, wandte sich Guerra den Jedis zu. „Gute Freunde von uns. Jedi-Gon und Obawan, darf ich vorstellen: Kaadi, auch gute Freundin."

„Qui-Gon und Obi-Wan", korrigierte Qui-Gon ihn.

„Sage ich doch", stimmte Guerra zu. „Kaadis Vater gehört das Café, in dem wir beinahe entdeckt worden wären. Es war lange Zeit ein Treffpunkt für Rebellen. Sie kämpft auch gegen das Syndikat."

Kaadi grinste. Sie war eine kleine Frau, mit tief schwarzem Haar und gelben, grün gefleckten Augen.

„Ich verschiebe Waren. Braucht Ihr ein Ersatzteil für einen Gleiter? Eine Energiebatterie?"

„Nein danke", sagte Qui-Gon höflich. Er schien auf diesem Planeten nur von Dieben umgeben zu sein.

„Und irgendetwas Neues von deinem Vater Nuuta?", fragte Paxxi voller Zuneigung und senkte dabei den Kopf, damit er sie ansehen konnte.

Kaadis Lächeln verblasste und sie schüttelte den Kopf. „Wir werden davon hören, wenn er nicht mehr ist, denke ich. Die Neuigkeiten werden uns schon erreichen."

Guerra und Paxxi waren einen Augenblick lang still. Beide streckten einen ihrer langen Arme aus und legten ihn um Kaadis schlanke Figur.

„Ihr Vater ist einer der Erneuerten", erklärte Guerra Qui-Gon und Obi-Wan. „Er wurde nach Alba gebracht."

Obi-Wan nickte voller Mitgefühl. Auf dem Planeten Alba herrschte ein blutiger, chaotischer Bürgerkrieg.

Sie sah ihn mit ihren klaren, gelbgrünen Augen an. „Ja, es ist übel dort. Aber wenn man Phindaner ist, dann muss man hoffen."

„Ja", sagte Qui-Gon ruhig. „Ihr müsst immer hoffen."

„Aber lasst mich erzählen, warum ich euch verfolgt habe", sagte Kaadi. „Ich muss euch Derida-Brüdern sagen, dass ihr entdeckt seid. Das Syndikat weiß, dass ihr wieder da seid. Die Anstrengungen, euch einzufangen, sind verdoppelt worden."

„Wir haben keine Angst", erklärte Guerra. „Ist nicht so, ich lüge!"

„Ihr meint, die Aktivitäten dort unten haben nur mit Guerra und Paxxi zu tun?", fragte Qui-Gon.

Kaadi schüttelte den Kopf. „Nicht nur. Sie suchen auch nach den Jedis. Und nach allen, von denen sie wissen, dass sie Rebellen sind. Terra und Baftu haben Massenverhaftungen angekündigt. Ein wichtiger Besucher kommt nach Phindar und sie wollen sichergehen, dass es keine Schwierigkeiten gibt. Sie haben erklärt, dass sämtliche Sabotagehandlungen oder Störungen mit Tod oder Erneuerung bestraft werden. Auch wenn man nur solcher Dinge *verdächtigt* wird."

„Wer kommt denn?", fragte Qui-Gon wissbegierig.

„Prinz Beju vom Planeten Gala", gab Kaadi zurück.

Obi-Wan und Qui-Gon sahen sich an.

„Unsere Spione haben erfahren, dass eine Allianz geplant ist", sagte Kaadi nachdenklich. „Das Syndikat wird die Anstrengungen des Prinzen finanzieren, die Herrschaft über seinen Planeten zurückzubekommen. Der Prinz hat bereits für einen Bacta-Notstand auf seinem Planeten gesorgt."

„So etwas zu tun ist schrecklich", sagte Obi-Wan.

Qui-Gon musste ihm zustimmen – Bacta war ein medizinisches Wunder, das sogar die gefährlichsten Wunden heilen konnte. „Die Verwundeten auf Gala müssen unnötig leiden", sagte er.

„Ja, der Prinz ist skrupellos. Genau wie Baftu und Terra", sagte Kaadi. Sie drückte kurz Guerras Hand. „Es tut mir Leid, dass ich das sagen muss. Aber der Prinz wird mit dem Bacta von Phindar nach Gala zurückkehren und vor seinem Volk als Held da stehen. Dann wird das Syndikat dazukommen. Sie werden Gala genau so kontrollieren wie Phindar. So ist es geplant."

„Und dann werden sie das Sternensystem übernehmen, einen Planeten nach dem anderen, ja?", sagte Guerra leise. „Immer werden sie lebenswichtige Waren knapp halten. Das Gedächtnis der Leute auslöschen. Killer-Droiden werden die Gegner umbringen, der Rest wird erneuert." Er sah zu Qui-Gon. „Wir haben gesehen, wie schnell diese Methode funktionieren kann."

Es war ein kaltblütiger Plan. Qui-Gon wusste, dass Guerra mit seiner Vermutung, Gala sei nur der erste Schritt, höchstwahrscheinlich Recht hatte.

Er hatte versucht, sich aus Paxxis und Guerras Plänen herauszuhalten. Doch jetzt wurde ihm klar, dass mehr auf dem Spiel stand, als er gedacht hatte. Wenn sie Phindar aus dem Griff des Syndikats befreien könnten, würde ihre Mission auf Gala einfacher werden. Er und Obi-Wan mussten sicherstellen, dass freie Wahlen dort stattfinden konnten.

Doch da war noch mehr. Qui-Gon fühlte tief in sich einen nagenden Zorn. Kaadis Mut angesichts der Probleme mit ihrem Vater hatte ihn berührt. Sogar Guerra und Paxxi hatten ihn bewegt. Hinter ihrem gut gelaunten Verhalten verbarg sich tiefes Leid. Das spürte er. Die lebendige Macht pulsierte in den Brüdern, stark und rein. Er wusste nicht, ob er ihnen vollständig vertrauen konnte, doch er wusste, dass sie seine Hilfe verdient hatten.

Manchmal, rief sich Qui-Gon ins Gedächtnis, *findet das Schicksal dich.*

„Wir werden euch helfen“, erklärte Qui-Gon Paxxi und Guerra. Bevor die Brüder etwas sagen konnten, erhob er eine Hand und bremste sie. „Aber ihr müsst mir etwas versprechen.“

„Was auch immer, Jedi-Gon“, schwor Guerra.

„Ihr werdet mir immer die komplette Wahrheit sagen“, befahl ihnen Qui-Gon mit fester Stimme. „Ihr werdet keine Informationen verschweigen, verschleiern oder verdrehen. Ihr werdet die Jedi-Regel befolgen, immer die klare, unverrückbare Wahrheit zu sprechen.“

„Jawohl, ist so, Jedi-Gon!“, stieß Guerra hervor, um es ihm zu versichern, während Paxxi energisch nickte. „Nicht für hundert Monde würde ich euch noch mal anlügen!“

„Vergiss die hundert Monde“, sagte Qui-Gon. „Tut nur, was ich euch sage.“

Obi-Wan warf seinem Meister einen fragenden Blick zu. Qui-Gon konnte sehen, dass der Junge seine Entscheidung nicht verstand. Der junge Jedi interpretierte die Regeln einfach zu genau. Dennoch würde er seinem Meister folgen.

„Es ist besser, schnell zu handeln", sagte Guerra. „Wir sollten heute Nacht schon ins Hauptquartier des Syndikats einbrechen."

Kaadi wurde bleich. „Ins Hauptquartier einbrechen, wo doch ein Kopfgeld auf dich ausgesetzt ist? Wer hat sich das ausgedacht?"

„Ich", sagten Guerra und Paxxi gleichzeitig.

„Ziemlich mutiger Plan, oder?", fragte Paxxi.

„Vielleicht mutig", sagte Kaadi. „Oder vielleicht verrückt."

„Mutig oder verrückt, wir werden sehen", sagte Guerra sorglos. „Was kann schon schief gehen, wenn man einen Jedi dabei hat?"

Qui-Gon warf den Derida-Brüdern einen genervten Blick zu. „Das werden wir heute Nacht herausfinden, da bin ich mir ganz sicher", sagte er.

Kapitel 8

Das Hauptquartier des Syndikats war in einem ehemals prachtvollen, jetzt aber zerfallenen Anwesen mit umfangreichen Sicherheitseinrichtungen untergebracht. Der Zugang zum Gelände führte durch schwere Metalltore und vor jeder Tür und jedem Fenster gab es Sicherheits-Lasergitter.

„Alles, was Ihr zu tun habt, ist, uns an zwei Wachen vorbeizuschaffen", flüsterte Guerra Qui-Gon zu. „Wir erledigen den Rest."

Qui-Gon behagte der Umstand nicht, dass er sich auf Guerras Ehrlichkeit verlassen musste. Aber er war jetzt bereits zu weit in die Sache verwickelt, um sich zurückzuziehen. Er nickte.

Paxxi und Guerra führten die Jedis um den Gebäudekomplex zu einem Hintereingang. Dort stand ein Wächter im Silbermantel und mit verspiegeltem, dunklem Visier. Seine Hand ruhte auf einem Blaster, der locker auf ein um seine Brust geschnalltes Holster gestützt war.

Es gab keine andere Möglichkeit, als geradewegs auf

ihn zuzugehen. „Guten Abend“, sagte Qui-Gon. „Wir haben eine Verabredung.“

Der Kopf des Wachmanns drehte sich zu den beiden Jedis und den Phindanern. Sie konnten seine Augen nicht sehen. „Sieh zu, dass du wegkommst, Wurm.“

Qui-Gon sammelte die Macht in sich. Er umfasste das Bewusstsein des Syndikatwachmanns mit seinem Willen. „Natürlich dürfen wir hereinkommen“, erklärte er.

Der Wachmann senkte seinen Blaster. „Natürlich dürft Ihr hereinkommen“, echote er.

„Siehst du, Paxxi, mein Bruder?!“, stieß Guerra hervor. „Die Jedis sind mächtig. Ich lüge nicht!“

„Ich sehe es, Bruder Guerra“, sagte Paxxi. „Ist so!“

Sie liefen eilig über einen kleinen Hof voller Landgleiter, Speeder-Bikes und ein paar Gravschlitten. Ein weiterer Wachmann stand vor einem breiten, steinernen Treppenaufgang, der zum Hintereingang des Anwesens führte.

Er kam einen Schritt nach vorn und hob seinen Blaster. „Wer seid Ihr und was ist eure Mission hier?“, wollte er wissen.

Wieder ließ Qui-Gon die Macht wirken. Bei Wachen wie diesen war es einfach, den Willen zu brechen. Sie waren daran gewöhnt, Befehle auszuführen und dachten kaum selbstständig.

„Wir sind eingeladen, uns umzusehen“, sagte Qui-Gon.

„Ihr seid eingeladen, euch umzusehen“, erklärte der Wachmann tonlos und senkte seinen Blaster.

Sie gingen an ihm vorbei die Stufen hinauf. Ein Lasergitter blockierte den Eingang.

„Ihr seid dran", sagte Qui-Gon zu Guerra.

„Ah, ich mache nichts", sagte Guerra. „Ihr werdet sehen."

Eine Sekunde später schalteten sich die Strahlen selbst ab. Die Tür ging auf. Eine ältere phindanische Frau mit silbernen Strähnen in ihrem schwarzen Haar stand vor ihnen. Sie trug die Kleidung der Syndikatswachen. Qui-Gon war erstaunt, doch die Frau winkte sie herein.

„Schnell", sagte sie.

Sie gingen in einen großen Raum mit Wänden aus grünen Brillantsplittern. Ein weicher, kostbarer Teppich bedeckte den Boden unter ihren Füßen. Die Fenster waren mit schimmernden Wandteppichen behängt.

„Alles von unseren Bürgern gestohlen", murmelte Guerra.

Die Frau führte sie einen Korridor entlang. Er musste für Droiden oder Diener gebaut worden sein, denn er war schmal und der Boden bestand nur aus blassgrauem Stein. In einem langen Spind voller Haken und Regale fanden sich zahlreiche Waffen – Blaster, Elektro-Jabber und Vibro-Dolche.

„Für die Wachen. Hier holen sie sich ihre Ausrüstung, bevor sie auf die Straße gehen", erklärte Paxxi. „Sie sind immer gut bewaffnet."

„Ja, ist so. Noch mehr Waffen, um uns abzuknallen!", sagte Guerra fröhlich.

Die ältere Dame führte sie zu einer schmalen Tür.

„Hier. Von hier abwärts gibt es keine Sicherheitseinrichtungen mehr, aber ihr müsst euch beeilen. Ich muss jetzt gehen", sagte sie. Bevor ihr jemand danken konnte, verschwand sie schnell im Korridor.

„Ihre Arbeit macht ihr Spaß", sagte Guerra, als er zusah, wie sie verschwand. „Sie kann es kaum erwarten, zurückzugehen. Ist nicht so, ich lüge", sagte er leise. „Der silberne Mantel, den sie trägt, hat ein Ortungsgerät im Stoff. Sie wird die ganze Zeit beobachtet. Wenn sich Duenna zu lange am falschen Ort aufhält, gehen ihr die Killer-Droiden nach und bitten sie höflich, wieder an ihren Posten zu gehen. Ist nicht so, ich lüge! Sie bringen sie auf der Stelle um."

Paxxi öffnete die Tür. Eine steinerne Treppe ging nach unten. Paxxi lief voraus, die anderen folgten.

Die Treppe führte sie in einen großen, leeren Raum.

„Das erste Lager", sagte Paxxi. „Leer, mein Bruder. Eigenartig, oder nicht so?"

„Ist so", sagte Guerra. Er ging durch eine Tür in den nächsten Raum. Der war ebenfalls leer. Hektisch gingen Guerra und Paxxi von einem Raum zum andern auf der riesigen Lagerebene.

„Alles verschwunden", sagte Paxxi.

„Ja, ist so", stimmte Guerra traurig zu.

„Dafür habt ihr unser Leben riskiert?", fragte Obi-Wan ungläubig.

Qui-Gon war genau so irritiert wie Obi-Wan, doch er

blieb äußerlich ruhig. „Habt ihr eure Informationen überprüft? Oder hat euch euer Spion verraten?"

„Ist nicht so, Jedi-Gon!", rief Guerra nervös. „Duenna ist auf unserer Seite!"

„Wie könnt ihr da so sicher sein?", fragte Qui-Gon. „Vergesst es. Wir müssen hier verschwinden."

Plötzlich hörten sie ein leises Surren. Qui-Gon blickte nach oben. Er kannte dieses Geräusch. Doch etwas daran war seltsam. Er vermutete es nicht in einem geschlossenen Raum.

„Gleiter", sagte Obi-Wan.

Ein kleiner Gleiter zischte plötzlich um eine Ecke, gefahren von einem Wachmann des Syndikats. Hinter ihm erschienen drei weitere. Die Wachen lenkten die Gleiter, und hinter jedem saß ein Killer-Droide. Der erste Wachmann lenkte seinen Schweber so, dass er einen sauberen Schuss auf Paxxi abfeuern konnte.

„Weg da!", rief Qui-Gon. Er griff mit der Macht hinaus, um Paxxi zurückzuziehen. Der Blasterschuss verfehlte ihn nur um Zentimeter, als er gegen die Wand schlug.

Obi-Wans Lichtschwert war so schnell in seiner Hand, dass man nur eine Bewegung aus pulsierendem Licht wahrnehmen konnte. Er schlug nach dem Wachmann, konnte jedoch nur dem dahinter auf dem Gleiter sitzenden Droiden die Hand abhacken. Qui-Gon sprang vor, doch der Gleiter schoss nach vorn und schlug ihn beinahe nieder. Qui-Gon konnte dem Wachmann gerade noch eine Streifhieb verpassen.

Plötzlich schoss ein dünner, roter Lichtstrahl aus der Wand direkt auf Guerra zu. Der bemerkte es und versuchte auszuweichen. Qui-Gon sah das Licht ebenfalls und benutzte die Macht, um Guerra zu helfen. Der Phindaner sprang gerade noch rechtzeitig über den Strahl hinweg.

„Disruptor-Strahlen!", rief Qui-Gon Obi-Wan zu. Diese Waffe war auf den meisten Planeten geächtet. Sie sandte sichtbare Energiestrahlen aus, die jemanden ohne weiteres in zwei Hälften zerschneiden konnten.

Obi-Wan rannte zu einem Gleiter direkt vor ihm und traf den Fahrer mit seinem Lichtschwert am Hals. Der Wachmann schrie auf und verlor die Kontrolle über den Schweber, der gegen eine Mauer raste und ihn damit ohnmächtig schlug. Ein Disruptor-Strahl schoss plötzlich aus der Wand und traf den Killer-Droiden, dessen Kontrollen an der rechten Hand schlagartig zu rauchen begannen. Der Droide stürzte, fing sich jedoch mit den Kontrollen seiner linken Hand ab. Nun kam der Strahl genau auf Obi-Wan zu, der darüber hinweg sprang, sich in der Luft drehte und genau neben Qui-Gon landete.

„Die Strahlen werden durch Bewegung ausgelöst", sagte Qui-Gon knapp. „Andere sind die ganze Zeit an. Bleib ihnen um jeden Preis aus dem Weg. Benutze die Macht, Padawan." Qui-Gon drehte sich um und zerschnitt den Droiden aus dem abgestürzten Gleiter am Hals. Dann machte er einen Satz nach vorn und stürzte sich auf den nächsten Gleiter. Er versetzte dem Wachmann im Vorbeigleiten einen Streifschlag und wich einem Disruptor-Strahl aus.

Den fortwährend angeschalteten Strahlen war leicht aus dem Weg zu gehen, wenn die Jedis sich nicht hineintreiben ließen. Schwieriger war es vorauszusagen, wo die bewegungsgesteuerten Strahlen zuschlagen würden. Qui-Gon griff nach der Macht, ließ sie um sich fließen, fühlte sie, gewann Stärke aus ihr. Er sandte seine Sinne aus, damit sie sich mit denen von Obi-Wan verschmolzen. So konnte sich die Macht addieren und den Raum erfüllen.

Ein Gleiter schoss auf Paxxi zu. Der hüpfte davon, wobei er seine Arme benutzte, um sich abzustoßen. Qui-Gon wusste, dass die Brüder keine Waffen hatten. Er wich einem Disruptor-Strahl mit einer Körperdrehung aus und sprang zu dem Gleiter. Obi-Wan kam auf die andere Seite. Mit zischenden Lichtschwertern nahmen sie den Gleiter in die Zange. Der Wachmann fiel von den Hieben getroffen nach hinten, wobei er und der Killer-Droide vom Schweber stürzten. Blasterfeuer drang von rechts auf Qui-Gon ein, doch er wirbelte bereits nach links. Nach einer halben Drehung versetzte er dem Wachmann einen endgültigen Hieb.

Die Wachen auf den beiden verbleibenden Gleitern waren beweglicher. Sie trieben Qui-Gon und Obi-Wan vor sich her in den nächsten Raum. Da die Decken hoch waren, konnten die Syndikatswachen den Disruptor-Strahlen einfach ausweichen, indem sie höher flogen.

Immer, wenn sie Obi-Wan und Qui-Gon angriffen, kamen sie wieder tiefer.

Die Fahrer lenkten ihre Gleiter unbarmherzig. Es war für sie ein Spiel. Sie lachten, als sie die Jedis ins Visier nahmen und diese mit weiten Sätzen ausweichen mussten.

Qui-Gon und Obi-Wan wandten eine Verzweiflungstaktik an: Laufen, drehen, kämpfen, umdrehen und wieder laufen. Disruptor-Strahlen zischten überall um sie herum. Einer davon traf Qui-Gons Lichtschwert und der Treffer übertrug einen schmerzenden Schock auf seinen Arm.

Die gesichtslosen Wachen waren offensichtlich zu allem entschlossen. Ihre Killer-Droiden hielten einen pausenlosen Regen von Blasterfeuer aufrecht. Bisher hatten die Panzerungen die Wachen gut geschützt. Qui-Gon begann, das Blasterfeuer so abzulenken, dass die Querschläger die ungeschützten Stellen der Wachen traf: Hals, Handgelenke, gestiefelte Füße. Obi-Wan tat es ihm nach.

Qui-Gon sah, dass Obi-Wan langsam müde wurde. Auch seine eigenen Beine taten ihm vom Laufen und Springen über die Strahlen und das Blasterfeuer weh. Sie konnten den Kampf nicht mehr lange durchhalten. Die Wachen trieben sie von Raum zu Raum. Qui-Gon fiel auf, dass die einzelnen Räume eine Art Labyrinth bildeten. Er versuchte, konzentriert zu bleiben, bezweifelte aber, dass er sich noch an den Weg zum Ausgang erinnern würde. Paxxi und Guerra hatten sie bereits verloren. Er konnte nur hoffen, dass die Brüder ein Versteck gefunden hatten.

Als sie in den hintersten Raum kamen, waren die Disruptor-Strahlen dicker als zuvor. Sie durchkreuzten den Raum in Form eines dichten Netzes. Für die Jedis war es unmöglich, ihnen auszuweichen.

Das Surren der beiden Gleiter war jetzt dicht hinter ihnen. Sie hätten jeden Augenblick in den Raum einbrechen können. Qui-Gon ging schnell ein paar Schritte von der Tür weg, bis er beinahe in der Ecke war. Er schickte Obi-Wan in die gegenüberliegende Ecke. Obi-Wan nickte Qui-Gon zu, um ihm zu zeigen, dass er dessen verzweifelten Plan verstanden hatte.

Sie mussten die exakte Geschwindigkeit und Höhe der beiden Gleiter abschätzen, eine Sekunde bevor sie erschienen. Dann würden sie loslaufen und ihren Schwung und die Macht benutzen, in die Luft zu springen. Sie würden den ersten Gleiter mitten in der Luft angreifen und hoffen, dass sie sowohl den Piloten als auch den Droiden außer Gefecht setzen konnten. Dann mussten sie wieder sicher auf den Boden kommen.

Es gab keine Zeit, um den Plan nochmals durchzugehen. Qui-Gon konnte nur hoffen, dass Obi-Wan ihm folgte.

Das Surren des Schwebers kam näher. Qui-Gon rannte los, im selben Moment wie Obi-Wan. Sie liefen und sprangen gleichzeitig ab, genau in dem Augenblick, in dem der Gleiter in den Raum kam.

Qui-Gon konnte noch den überraschten Gesichtsausdruck des Syndikatwachmanns sehen, bevor er ihn in die Brust traf. Der Wachmann fiel von seinem Gleiter und Qui-Gon konnte ihm noch einen zweiten Hieb in den Nacken versetzen. Der Killer-Droide hatte gerade noch Zeit, einen Schuss abzufeuern, als Obi-Wan bereits zuschlug. Er hackte ihm die Beine ab und ließ ihn hinunterstürzen.

Die Kraft ihres Sprunges reichte noch aus. Obi-Wan schlug einen Salto, bevor er landete.

Dann kam der zweite Gleiter in den Raum geschossen und stieß sofort mit dem ersten zusammen. Der Aufprall riss den zweiten Wachmann und seinen Droiden vom Gleiter. Die beiden Gleiter schwebten weiter durch die Luft und trafen auf einen Disruptor-Strahl, der sie völlig außer Kontrolle brachte. Der Raum erzitterte, als sie gegen die Wand schlugen.

Plötzlich fuhr ein Teil der riesigen Wand rumpelnd zur Seite und legte eine Öffnung frei. Die Disruptor-Strahlen knisterten und fielen aus.

Die Wachen des Syndikats waren genau so überrascht wie die Jedis. Nur die Killer-Droiden bewegten sich weiter, sie waren beschädigt aber nicht zerstört. Einer davon hatte einen Arm verloren, einer ein Teil seines Kontrollpanels. Ihre Blaster funktionierten noch immer. Die Schüsse verfehlten die Jedis so knapp, dass sie wie ein Flüstern in ihren Ohren klangen.

Die Macht befahl Obi-Wan und Qui-Gon zu springen

und sie taten es. Sie übersprangen die Wachen und griffen zuerst die Droiden an. Qui-Gon säbelte einen in der Mitte durch und ließ ihn kampfunfähig liegen. Obi-Wan richtete sein Lichtschwert geradewegs auf das Kontrollpanel des anderen und verwandelte ihn mit einem Stich in einem knisternden Schrotthaufen.

Die Syndikatswachen hatten sich von der Überraschung erholt, dass von ihren Gleitern gestürzt waren und einen versteckten Raum entdeckt hatten. Sie zogen Elektro-Schocker hervor und kamen auf die Jedis zu.

Qui-Gon und Obi-Wan blieben einfach stehen, die Lichtschwerter zum Boden gerichtet. Qui-Gon zählte die Sekunden im Kopf. Er hoffte, dass sein Padawan den selben Kampfrhythmus hatte. Sie mussten ihre Köpfe frei halten, ihre Hiebe methodisch ansetzen. Sie durften sich nicht von ihrer Erschöpfung treiben lassen. Er griff nach der Macht. Sie umfloss ihn, er musste nur einen Schritt hinein machen.

Die Syndikatswachen waren noch immer ein paar Schritte entfernt, als Obi-Wan vorstürmte. *Zu früh!,* rief Qui-Gon in Gedanken. Doch er sprang an Obi-Wans rechte Seite, um dessen Flanke zu decken. Obi-Wan griff wütend an. Sein Lichtschwert war ein verschwommener blauer Fleck in der Dunkelheit. Qui-Gon musste sich seinem Tempo anpassen, wenn er ihn schützen wollte. Er versuchte, den Rhythmus des Jungen zu bremsen, doch Obi-Wan ließ sich von seiner Erschöpfung bis zum toten Punkt treiben. Qui-Gon wurde klar, dass er sich nicht immer darauf verlassen konnte, dass Obi-Wan sein Tempo annahm. Das war etwas, woran sie später arbeiten mussten. Wenn es ein später gab.

Gemeinsam schlugen und stießen die Jedis zu. Sie blieben dabei immer in Bewegung, duckten sich, rollten und machten Ausfallschritte, bis sie ihre Gegner besiegt hatten. Die zwei Wachen des Syndikats stürzten schwer zu Boden.

Qui-Gon stieg über sie hinweg, während er sein Lichtschwert an den Gürtel hängte. Er ging zu der Öffnung in der Wand und spähte hinein.

„Ich glaube, wir haben den Tresorraum gefunden", sagte er zu Obi-Wan.

Kapitel 9

Eine Stimme erklang hinter ihnen. „Gute Arbeit, Jedis", meinte Guerra mit beruhigender und gleichsam ehrfurchtsvoller Stimme.

„Wir wussten, dass ihr auch gewinnen würdet, wenn ihr bei weitem in der Unterzahl seid", versicherte ihnen Paxxi.

Qui-Gon hob eine Augenbraue. „Ist nicht so?"

„Ist so!", riefen die Brüder im Chor.

Obi-Wan versuchte, seinen Atem zu beruhigen. Der Kampf gegen die Wachen hatte ihn viel Energie gekostet. Er wusste, dass er kurz davor gewesen war, die Kontrolle zu verlieren. Qui-Gon hingegen war kühl und methodisch geblieben und hatte Obi-Wans unbedachte Aktionen mit seinen eigenen geschickten Hieben gedeckt. Obwohl er die Wachen besiegt hatte, war er von sich selbst enttäuscht. Er wusste, dass er seiner Ungeduld nachgegeben und seine Konzentration verloren hatte. Es war ein schwieriger Kampf gewesen.

„Danke für eure Hilfe", sagte Obi-Wan gereizt zu den Deridas und deaktivierte sein Lichtschwert.

„Oh, wir haben geholfen, indem wir uns versteckt haben, Obawan", versicherte ihm Guerra. „Die Derida-Brüder sind nicht besonders gut im Kampf. Wir wären im Weg gewesen."

„Ja, ihr seid so viel bessere Kämpfer!", sagte Paxxi strahlend.

Obi-Wan wischte sich mit dem Ärmel den Schweiß von der Stirn. Er wünschte, er wäre so begeistert über seine Fähigkeiten wie die Deridas.

Er wandte sich Qui-Gon zu und stellte fest, dass der ihn beobachtete. „Du hast gut gekämpft, Padawan", sagte sein Meister ruhig. „Das nächste Mal wirst du noch besser sein. Jetzt ist die Zeit, sich auf die Gegenwart zu konzentrieren. Wir haben unser Ziel hier erreicht."

„Ja, ihr habt den Tresorraum gefunden! Hervorragend!", rief Guerra. Er runzelte die Stirn, als er einen Blick auf die gefallenen Syndikatswachen und die Killer-Droiden warf. „Das ist nicht gut. Wir müssen hier verschwinden, ohne dass das Syndikat erfährt, dass wir hier waren. Das ist besser so."

„Ich finde ein Versteck", sagte Paxxi.

„Paxxi kann das sehr gut", erklärte Guerra.

„Wir werden nicht fragen, weshalb er das kann", sagte Qui-Gon seufzend.

„Nein, es ist besser so", stimmte Guerra zu. „Doch zuerst sollten wir die schusssicheren Mäntel an uns nehmen. Könnten nützlich sein. Blasterfeuer scheint den Jedis zu folgen."

„Ihr seid doch die, die uns hier hereingebracht habt!", rief Obi-Wan. Guerras Verhalten brachte ihn auf. Es wurde ihm immer klarer, dass sein Freund die Fakten so hindrehte, dass sie seinen eigenen Zwecken dienten.

„Stimmt, Obawan!", sagte Guerra begeistert. „Du hast Recht!"

Paxxi fand einen Lagerraum voller alter Teile für Gleiter und verschiedener elektronischer Bauteile. Zentimeterdicker Staub lag auf den Teilen und dem Boden.

„Gut", meinte Qui-Gon. „Der Raum wird nicht mehr benutzt. Man wird die Wachen eine Zeit lang nicht finden."

Mit Hilfe der Gleiter und unter sorgfältiger Vermeidung der verbleibenden Disruptor-Strahlen schafften sie die gefallenen Wachen und Droiden dorthin. Sie nahmen vier schusssicheren Mäntel und Visiere mit und schlossen die Tür hinter sich.

„Ich habe einen Abstellplatz für die Gleiter bei der Treppe gefunden", sagte Guerra. „Wir können sie dort hinstellen. Lasst uns jetzt nach dem Tresorraum sehen."

„Wir gehen zuerst", erklärte Qui-Gon. „Obi-Wan und ich werden euch vor Disruptor-Strahlen warnen."

Doch bevor sie einen Schritt machen konnten, meldete sich ein Comlink, der in einen der Mäntel eingelassen war.

„Wachencheck", sagte eine Stimme. „Wachencheck. Warum wurden die Disruptor-Strahlen aktiviert?"

Guerras orangefarbene Augen weiteten sich. Paxxi

legte die Hand auf den Mund. Qui-Gon runzelte die Stirn.

Er fand den Comlink und aktivierte ihn. Mit Hilfe der Macht antwortete er unverdächtig. „Routinecheck. Ich wiederhole, Routinecheck. Hier unten ist alles sicher. Ich schlage vor, die Disruptor-Strahlen für eine weitere Überprüfung abzuschalten."

„Wird gemacht."

Mit einem summenden Geräusch erloschen die Disruptor-Strahlen.

„Strahlen abgeschaltet", sagte Qui-Gon.

„Schicht beenden", antwortete die Stimme. „Das Gebäude verlassen. Abschottung in zehn Minuten."

„Nachricht erhalten", gab Qui-Gon zurück. Er schaltete den Comlink ab und sah die anderen an. „Wir haben nicht viel Zeit."

„Dann müssen wir uns beeilen", sagte Paxxi.

Er hastete zum Tresorraum und schlüpfte durch die Öffnung. Obi-Wan stockte der Atem. Die Räume, die sie bisher gesehen hatten, waren schon groß gewesen. Aber dieser Raum glitzerte geradezu vor Reichtum. Kostbare Teppiche waren aufgeschichtet, einer auf dem Anderen. Schlafplattformen waren mit den feinsten, weichsten Bettgarnituren bezogen, die Obi-Wan je gesehen hatte. Große Kissen, bestickt mit goldenem und silbernem Garn lagen neben den Plattformen.

Qui-Gon ging in dem Raum umher und sah sich die Kisten und Packboxen an, die an der Wände aufgestapelt waren. „Hier gibt es genug Lebensmittel und medizinische Vorräte für die nächsten Monate."

„Musik, holografische Filme", sagte Paxxi, der in eine andere Ecke schaute.

„Notfallausrüstungen und Waffen", fügte Obi-Wan hinzu, der in Kisten stöberte.

„Das ist ihr Zufluchtsort", sagte Qui-Gon. „Sie könnten hier Monate überleben, wenn es nötig wäre."

„Hier!", rief Guerra.

Sie liefen zu ihm. Eine Tür mit einem Kontrollpanel war beinahe unsichtbar in die Wand nahe einer Ecke eingelassen.

„Das muss der Schatz sein", erklärte Guerra.

„Nun, immerhin hattet ihr damit Recht", sagte Qui-Gon.

„Also gut, lasst uns da einbrechen", drängte Obi-Wan. „Wir haben nicht mehr viel Zeit."

Guerra sah Paxxi an. Paxxi sah Guerra an.

„Natürlich, Obawan. Kein Problem", stimmte Paxxi zu. „Ups, ich lüge, ist nicht so! Nur ein winziges Problem."

Qui-Gon schloss die Augen und holte tief Luft, als wolle er seine verlorene Geduld zurückholen. „Was für ein Problem?"

Sie sahen beide zum Boden. „Ah," sagte Guerra. „Nun, wir haben die ganze Wahrheit gesagt, ja. Aber nicht die *komplett* ganze Wahrheit. Ja, wir können in die Schatzkammer einbrechen. Ganz einfach! Aber wir brauchen zuerst etwas. Seht ihr, das Syndikat hat zuerst *uns* ausgeraubt. Sie sind in unser Versteck eingedrungen und haben alles gestohlen! Alles, was wir in so langer Zeit und mit so viel Mühe angesammelt ..."

„Gestohlen", korrigierte Obi-Wan ihn.

„Genau so, Obawan, wir haben es gestohlen, aber nur, um es an das Volk zurückzuverkaufen", sagte Guerra ernst. „Wir hatten Gleiterteile, elektronische Baugruppen, Maschinen – alles, was es hier auf Phindar ohnehin im Überfluss gab, aber sonst nichts. Wir hätten es den Leuten zu viel günstigeren Preisen als das Syndikat verkauft! Ihr seht also, wir tun dem Volk einen großen Gefallen ..."

„Bleib einfach bei den Fakten, Guerra", unterbrach Obi-Wan ihn ungeduldig. Sein Freund stellte ihre Freundschaft jetzt wirklich auf die Probe. Wieso hatte ihm Guerra dies nicht vorher gesagt?

„Natürlich, guter Ratschlag, Obawan", stimmte Paxxi zu. „Sie haben uns also bestohlen. Aber sie wussten nicht, dass sich unter diesen Dingen etwas sehr Wertvolles befand."

„Etwas, das mein Bruder Paxxi erfunden hat", fügte Guerra eifrig hinzu. „Ein Anti-Registrator. Er kann die Funktion eines Transfer-Registrators duplizieren oder rückgängig machen."

Die beiden Brüder nickten und lächelten die Jedis an. Der Transfer-Registrator war eine Methode, um Geschäftstransaktionen in der Galaxis aufzuzeichnen. Ein elektro-optisches Gerät zeichnete die Fingerabdrücke von Käufern und Verkäufern auf.

„Paxxis Apparat kann jeden Fingerabdruck an einem Sicherheits- oder Registratorsystem fälschen", erklärte ihnen Guerra.

Plötzlich verstand Obi-Wan. Paxxis Anti-Registrator war von unschätzbarem Wert. Es gestattete dem Eigentümer Besitz und Ware vorzutäuschen und in jedes Sicherheitssystem der Galaxis einzudringen, das auf Fingerabdrücken basierte.

„Das Gerät ist sehr gefährlich", sagte Qui-Gon ruhig.

„Gefährlich?", fragte Guerra. „Ist nicht so, Jedi-Gon! Es wird uns helfen!"

„Doch wenn das Syndikat wüsste, dass ihr es habt – wenn irgendjemand es wüsste, dann wäret ihr in großer Gefahr."

Paxxi winkte ab. „Wir haben keine Angst. Ist nicht so! Ich lüge, natürlich haben wir Angst. Doch das lässt uns vorsichtig sein. Wir können den Schatz stehlen, den Planeten verlassen, wenn es sein muss und den Apparat auf dem Schwarzmarkt verkaufen ..."

„Könnt Ihr euch vorstellen, wie viel er wert ist?", kicherte Guerra. „Zwölf Vermögen!"

Qui-Gon sah ihn unbewegt an.

„Aber nicht, dass das wichtig wäre", fügte Guerra schnell hinzu. „Zuerst schalten wir das Syndikat aus, ja?"

„Was uns wieder auf das Problem zurückbringt, mein Bruder", sagte Paxxi. „Unsere gestohlene Ware war hier. Jetzt ist sie es nicht mehr. Ist so. Wir können nicht einbrechen."

„Noch nicht“, fügte Guerra hinzu. „Aber wir werden es schaffen.“

„Sobald wir den Apparat finden“, ergänzte Paxxi hilfreich.

„Wir sollten zurückgehen“, sagte Guerra. „Bald wird abgeschlossen. Duenna wird schon warten.“

Mit einem wütenden Gesichtsausdruck folgte ihnen Qui-Gon aus dem Raum. Sie fanden die Einrichtung, die die Wand bewegte, und schlossen sie wieder. Dann brachten sie die Gleiter zurück zu dem Abstellplatz unter der Treppe. Schnell stiegen sie hinauf ins Hauptstockwerk.

„Ihr kommt spät“, flüsterte Duenna besorgt, als sie erschienen. Ihre hellen, orangefarbenen Augen spähten in den Korridor hinter ihr. Dann entspannten sich ihre Gesichtszüge, als sie Paxxi und Guerra erblickte. „Aber ich bin froh, euch zu sehen. Sie haben eine Routinedurchsuchung der unteren Stockwerke angeordnet. Ich konnte euch nicht warnen.“

„Wir haben uns um die Wachen gekümmert“, versicherte Paxxi ihr. „Aber da unten ist alles leer. Keine Waren mehr da.“

„Es tut mir so Leid, dass ich euch das jetzt sagen muss“, sagte Duenna und ging schnell mit ihnen den Korridor hinunter. „Ich habe es erst erfahren, nachdem ich von euch weggegangen war. Die Vorräte wurden in die Lagerhalle beim Raumhafen verlegt. Die meisten davon werden auf Prinz Bejus Schiff verladen und nach

Gala transportiert." Sie blieb in der Nähe der Tür kurz stehen. „Ihr müsst jetzt gehen. Schnell! Terra und Baftu sind zurück. Die Abschottung ist in ein paar Minuten."

„Duenna!" Die Stimme klang scharf und befehlend. Schritte klackten im Korridor zu ihrer Rechten. „Duenna!"

Duenna wurde bleich. „Es ist Terra!", flüsterte sie.

Kapitel 10

Der Korridor war breit und leer. Es gab keinen Ort, an dem sie sich verstecken konnten. Duenna legte einen Finger auf ihre Lippen. Dann huschte sie um die Ecke in den nächsten Korridor.

Qui-Gon mahnte alle mit seinem stechenden blauen Blick zur Stille. Er wog die Situation ab. Terra war nur noch wenige Meter entfernt. Obi-Wans Hand glitt zum Griff seines Lichtschwerts. Er war auf alles vorbereitet.

„Es gibt keinen Grund, mich umzurennen, alte Frau." Terras Stimme knallte wie eine Peitsche. „Wo warst du?"

„In der Küche", sagte Duenna. Ihre Stimme war nur ein Murmeln.

„In der Küche? Wieder gegessen? Oder bist du mir aus dem Weg gegangen? Sieh mich an."

Eine Pause trat ein. Guerra und Paxxi griffen sich plötzlich an den Schultern.

Terras Stimme wurde zu einem Schnurren. „Was verbirgst du vor mir, Duenna? Hast du Paxxi und Guerra gesehen?"

Paxxi und Guerra drückten einander fest.

„Nein, ich habe sie nicht gesehen", antwortete Duenna. Ihre Stimme blieb ruhig.

„Aber du bist nicht sonderlich überrascht zu hören, dass sie auf Phindar sind", sagte Terra.

„Ich *bin* überrascht", erklärte Duenna, „ich möchte es nur nicht zeigen."

„Lachhaft!" Terras Stimme war jetzt voller Wut. „Vielleicht sollte ich dich warnen, alte Frau. Wenn du Paxxi und Guerra siehst oder auch nur mit diesen Verrätern sprichst, werde ich dafür sorgen, dass du erneuert wirst!"

Paxxi und Guerra sahen einander mit betroffenen Gesichtern an.

„Aber nicht, bevor du die Brüder mit eigenen Augen sterben siehst", zischte Terra.

„Nein!", schrie Duenna. „Ich flehe Euch an ..."

„Flehe, wenn du willst", sagte Terra. „Offensichtlich kannst du immer noch tiefer sinken. Du befolgst meine Anweisungen, wäschst meine Kleider, räumst meinen Müll fort – warum solltest du mich nicht auch noch anflehen?"

„Ich würde Euch anflehen, wenn Ihr mich erhören würdet", sagte Duenna mit zitternder Stimme. „Wenn Ihr nur wüsstet, wer Ihr einst wart, was Ihr wieder sein könntet ..."

„Genug! Hör mir zu, Duenna. Der geringste Kontakt mit den beiden und sie sterben. Und deine Erinnerungen sind für immer dahin, alte Frau. Aber mach dir keine Sorgen – ich werde den schrecklichsten Planet aussuchen, auf dem ich dich aussetzen kann. Und jetzt lass mein Bad ein."

Terras energische Schritte entfernten sich. Sie hörten Duennas leisere Tritte hinter ihr hergehen.

„Los", sagte Guerra. „Wir müssen verschwinden."

Sie schlüpften in die silbernen Mäntel und zogen die verspiegelten Visiere auf. Es war einfach, sich unter die anderen Wachen des Syndikats zu mischen, als die das Gebäude verließen.

Sobald sie auf der dunklen Straße angekommen waren, führte Guerra sie in eine enge Gasse. Dort legten sie Mäntel und Visiere ab. Guerra steckte alles in eine Tasche, die er dabei hatte.

„Warum nimmt Terra an, dass Duenna Kontakt mit euch aufnimmt?", fragte Obi-Wan die Derida-Brüder. „Weiß sie, dass Duenna eine Sympathisantin der Rebellen ist? Ist es nicht gefährlich, ihr zu vertrauen?"

„Ist nicht so", sagte Guerra ruhig. „Terra ist sich nicht sicher. Sie hat Angst, dass Duenna uns kontaktieren wird, weil sie weiß, dass Duenna unsere Mutter ist."

Obi-Wan warf Qui-Gon einen überraschten Blick zu. „Aber wieso arbeitet sie dann für das Syndikat?"

Qui-Gon war gespannt, was die phindanischen Brüder zu sagen hatten.

Guerra und Paxxi tauschten reuevolle Blicke aus. Paxxi nickte Guerra zu. „Die Jedis sollten es wissen", sagte er.

„Ja, ist so", sagte Guerra traurig. „Duenna arbeitet für Terra, weil Terra ihre Tochter ist."

„Also ist Terra ..."

„Unsere Schwester", erklärte Paxxi.

„Sie ist nicht die Schwester, die wir hatten", meinte Guerra. „Nicht die, die wir einst kannten. Sie wurde erneuert, als sie elf Jahre alt war. Das Syndikat hat sie großgezogen. Sie hat keine Erinnerung daran, was für ein Mädchen sie einmal war. Sie wuchs hier auf, an diesem Ort voller Boshaftigkeit und Machtgier."

„Ohne Liebe", sagte Paxxi sanft.

„Deswegen hat unsere Mutter ihr Leben geopfert", sagte Guerra. „Sie dachte, als Dienerin könnte sie Terra wenigstens etwas Liebe geben. Oder vielleicht den Teil in Terra zurückbringen, den sie kennt." Guerra zuckte mit den Schultern. „Aber es gelang ihr nicht. Terra veränderte sich nicht. Doch Duenna bleibt bei ihr. Sie wird bleiben und zu ihrer Tochter halten – egal, was sie macht. Egal, was aus ihr geworden ist."

Kapitel 11

In dieser Nacht teilten Guerra und Paxxi ihr enges Quartier mit Qui-Gon und Obi-Wan. Es war ein winziger Raum in dem kleinen Haus, das Kaadi zusammen mit ihrer Familie bewohnte. Sie hatte jetzt, da sie die Brüder gefunden hatte, darauf bestanden, dass sie dort blieben. Die Jedis hatte sie ebenso freundlich aufgenommen.

Sie legten sich für die Nacht auf Leintücher, die sie auf dem Boden auslegten. Paxxi schlief sofort ein, während Qui-Gon in ein Stadium gelangte, das die Jedi als *Erholsamen Schlaf in Gefahr* bezeichneten. Seine Augen waren geschlossen, doch ein Teil seines Bewusstseins war die ganze Zeit aufmerksam.

Obi-Wan konnte nicht einschlafen. Er hörte nicht auf, darüber nachzudenken, wie es wohl wäre, wenn man sein Gedächtnis verlor. Er konnte sich nichts Schlimmeres vorstellen. Er hatte im Tempel so hart gearbeitet, tiefe Freundschaften geschlossen und so viel von Yoda und den anderen Meistern gelernt. Was wäre, wenn ihm all dies genommen würde?

„Bist du wach, Obawan?“, flüsterte Guerra auf dem Leintuch neben ihm.

„Ja“, gab Obi-Wan leise zurück.

„Ja, ist so, dachte ich mir“, sagte Guerra. „Ich höre dich denken. Bist du noch immer böse auf mich?“

„Ich bin nicht böse auf dich, Guerra“, sagte Obi-Wan. „Vielleicht hatte ich zu wenig Geduld mit dir. Du sagst niemals die ganze Wahrheit.“

„Ist nicht so“, flüsterte Guerra. „Oh, ich lüge. Du hast Recht, Obawan, wie immer. Ich fühle, dass du mit Jedi-Gons Entscheidung, uns zu helfen, nicht einverstanden bist.“

„Ist nicht so“, sagte Obi-Wan, „... oder ist doch so. Vielleicht lüge ich.“

„Ah, du nimmst mich auf den Arm“, sagte Guerra traurig. „Und ich verdiene es nicht besser, das weiß ich.“

„Warum hast du mir nie etwas von eurer Schwester erzählt?“, fragte Obi-Wan.

„Terra“, murmelte Guerra. Er stieß einen tiefen Seufzer aus. „Sie ist mein Feind, oder nicht? Und deiner auch. Dabei war es nicht immer so. Das musst du glauben. Wenn du sie nur als Kind gekannt hättest! Freundlich, klug und ehrlich! Und lustig! Sie war unser kleines Anhängsel. So haben wir sie genannt, mein guter Bruder und ich. Baftu nahm alles Gute in ihr und löschte es aus. Dann füllte er die übrig gebliebene leere Hülle mit Hass. Verstehst du, warum wir das Syndikat zerschmettern müssen, Obawan? Deswegen riskiert Duenna so viel –

sie und Paxxi denken, dass sie Terra erreichen können, wenn es das Syndikat nicht mehr gibt."

„Glaubst du das auch?", fragte Obi-Wan.

Guerra seufzte wieder. „Nein, mein Freund", sagte er. „Ich glaube es nicht. Aber ich hoffe es. So wie meine Familie. In seltenen Fällen können Personen mit wirklich starkem Willen den Folgen der Gehirnwäsche standhalten. Sie behalten kleine Erinnerungsschnipsel zurück. Nur Bruchstücke – ein Gesicht, einen Geruch, ein Gefühl. Ich fürchte, bei Terra ist es nicht so. Sie steckt schon zu lange darin. Ich habe nicht den Glauben, den mein guter Bruder hat. Ich habe nur diese winzige Hoffnung in meinem Herzen."

„Das ist etwas, an dem man sich festhalten kann", sagte Obi-Wan.

„Ja, ist so", sagte Guerra leise. „Wenn ich also meinen Freund ausgetrickst habe, wenn ich ihm vielleicht anfangs nicht alles gesagt habe – vielleicht wird der gute Freund Obawan das verstehen und mir trotzdem seine Hilfe wieder gewähren?"

Eine Pause entstand zwischen den beiden. Mit einem Mal verschwand Obi-Wans Irritation bezüglich Guerra. Er sah die Angst und den Schmerz, mit dem Guerra die ganze Zeit gelebt hatte. Genau wie auf der Minenplattform, wo Guerra seine Furcht vor dem sicheren Tod mit Lachen und Scherzen überdeckt hatte, so tat er es auch hier auf Phindar. Qui-Gons Entscheidung, ihnen zu helfen, war richtig gewesen. Obi-Wan wusste das jetzt.

„Natürlich werde ich dir helfen", flüsterte er, doch Guerra war bereits eingeschlafen.

In der darauf folgenden Nacht zogen Obi-Wan, Qui-Gon, Guerra und Paxxi die schusssicheren Mäntel über ihre Kleider und setzten die Visiere auf. Im Schutz eines Felsüberhangs beobachteten sie die Aktivitäten bei der Lagerhalle am Raumhafen.

Es schien keine sonderlich scharfen Sicherheitskontrollen zu geben. Syndikatsmitglieder gingen in den Gebäuden ein und aus, ohne Pässe oder Ähnliches vorzuzeigen. Sie mussten also nur vorgeben, eine Lieferung abzugeben. Zumindest hofften sie das.

Paxxi und Guerra hatten den ganzen Tag gearbeitet, um authentisch aussehende Ware zusammen zu sammeln. Ihre Container waren zwar mit BACTA und MEDPACS beschriftet, waren aber nur mit alten elektronischen Bauteilen gefüllt. So hatten sie wenigstens etwas, um es nach drinnen zu tragen.

„Sobald wir drin sind, sollten wir uns in zwei Gruppen teilen", instruierte sie Qui-Gon. „Guerra, du gehst mit Obi-Wan, Paxxi kommt mit mir. Wir starten an entgegengesetzten Enden und treffen uns in der Mitte, wenn es geht. Wenn ihr eure Ware seht oder den Anti-Registrator, verschwindet. Wenn wir nichts finden, müssen wir alle innerhalb von zwanzig Minuten aus dem Gebäude verschwunden sein. Wir dürfen kein Risiko eingehen."

„Aber was machen wir, wenn wir nichts finden?", fragte Paxxi.

„Dann versuchen wir es noch einmal", sagte Qui-Gon. „Wir können es uns nicht leisten, entdeckt zu werden. Je früher wir da wieder rauskommen, desto besser." Er wandte sich an Obi-Wan. „Vergiss nicht, deine Hände in den Taschen zu lassen, damit niemand sehen kann, wie kurz deine Arme sind. Wir müssen aussehen wie Phindaner."

Obi-Wan nickte. Die vier gingen schnell über den Platz. Am Eingang zum Lager bellte Qui-Gon der Wache zu: „Bacta-Lieferung." Der Wachmann winkte sie durch.

Sie befanden sich in einer riesigen Halle mit hoher Decke. Reihen über Reihen von transparenten Regaleinheiten reichten von einem Ende zum anderen. Jedes Regal war voller Kisten und Packboxen. Syndikatsmitglieder in silbernen Mänteln luden Ware auf Gleiter und schwebten zu der großen Ladebucht im hinteren Bereich der Halle.

Paxxi und Guerra hielten mit erschrockenen Gesichtern inne. Obi-Wan wusste, weshalb. Hier lagerte Reihe um Reihe der Dinge, um die sich das phindanische Volk verzweifelt in lange Warteschlangen stellte. Medizinische Vorratsgüter. Essen. Ersatzteile, um Gleiter und Droiden zu reparieren. Alles befand sich hier – gehortet vom Syndikat. Die Brüder hatten das gewusst, doch es mit eigenen Augen zu sehen, musste wie ein Schlag ins Gesicht sein.

„Bewegt euch", sagte Qui-Gon in einem freundlichen Ton, in dem deutlich die Dringlichkeit des Ganzen mitschwang.

Mit den Händen in den Taschen ging Obi-Wan mit Guerra zur anderen Seite der Lagerhalle. Schnell gingen sie eine Reihe nach der anderen durch. Andere Syndikatsmitglieder kamen immer wieder vorbei, nickten aber nur und gingen weiter.

„Das ist einfach, Obawan", flüsterte Guerra. „Gott sei Dank haben wir diese Mäntel gestohlen!"

Plötzlich ertönte eine Stimme aus dem Comlink in Guerras Mantel.

„Wache K23M9, melden!", lautete die Aufforderung. „Aufenthaltsort und Tätigkeit erklären!"

„Das ist vielleicht nur ein Routinecheck", murmelte Obi-Wan.

Guerra aktivierte den Comlink. „Lieferung an die Lagerhalle", sagte er.

Nach einer kurzen Pause knisterte der Comlink wieder. „Ist nicht vorgesehen. Erklären!"

Guerra sah Obi-Wan panisch an. „Sag ihm, dass er sich täuscht", flüsterte Obi-Wan.

„Ist nicht so!", sagte Guerra schnell. „Befehle erhalten." Er schaltete den Comlink ab.

„Wir beeilen uns besser", murmelte Obi-Wan.

Sie wandten sich der nächsten Reihe zu. Als Guerra die Regale durchsuchte, hielt Obi-Wan Ausschau.

„Gefunden, Obawan!", rief Guerra so leise wie möglich. „Da, oberes Regal! Ich erkenne meine Kiste mit Energiezellen. Hier muss es sein." Er stieg auf den untersten Regalboden und griff mit seinen langen Armen nach oben. Dann holte er die Kiste herunter, spähte hinein und grinste. „Hier ist es. Auf dem Boden."

Obi-Wan schob den Behälter mit der Aufschrift BACTA an den leeren Platz. „Alles klar. Lass uns verschwinden."

Sie marschierten den Gang hinunter und versuchten, nicht gehetzt zu wirken. Plötzlich donnerte eine Ansage aus einem Lautsprecher in ihrer Nähe.

„Wache K23M9, bei den Sicherheitskräften melden! Wache K23M9, bei den Sicherheitskräften melden!"

„Das bin ich!", sagte Guerra voller Panik. „Was sollen wir tun, Obawan?"

Obi-Wan überlegte. Sie mussten den Anti-Registrator aus dem Gebäude schaffen.

„Gib mir deinen Mantel", sagte Obi-Wan.

Guerra zögerte. „Aber das bringt dich in Gefahr, Obawan. Das habe ich auf Bandomeer schon mal gemacht. Das tue ich nicht noch einmal."

„Die Macht wird mich beschützen", sagte Obi-Wan, obwohl er selbst daran zweifelte. „Du musst Qui-Gon finden und den Apparat hier herausschaffen."

„Kannst du mit Hilfe der Macht entkommen?", fragte Guerra.

„Ja. Los jetzt!" Obi-Wan zog seinen Mantel aus. Zögernd tat es ihm Guerra nach. Sie tauschten die Mäntel. Guerra klemmte sich die Kiste mit dem Anti-Registrator unter den Arm.

„Geh jetzt", sagte Obi-Wan zu ihm, als plötzlich Syndikatswachen auf Gleitern um die Ecke kamen. Guerra drehte sich um und ging davon, geradewegs an den Wachen vorbei. Sie beachteten ihn nicht. Obi-Wan drehte sich um und sah, wie vier weitere Wachen von der anderen Seite auf ihn zukamen. Er wusste, dass er gegen sie nicht ankommen würde. Selbst wenn er es schaffte, an ihnen vorbeizukommen, würden die Sicherheitseinrichtungen die Halle abschotten und Guerra käme nicht mehr hinaus. Es gab nur eine Sache, die er jetzt noch tun konnte: sich ergeben.

Guerra verschwand um eine Ecke. Die Wachen kamen näher an Obi-Wan heran, schwebten um ihn herum und zielten mit ihren Blastern auf seinen Hals, das einzig ungeschützte Körperteil.

„Wache K23M9, du befindest dich außerhalb deines Quadranten", sagte einer von ihnen. „Du kennst die Strafe. Wir werden dich zum Hauptquartier begleiten. Wenn du dich widersetzt, bist du tot."

Obi-Wan nickte. Er stieg auf den größten Gleiter. Der Wachmann hinter ihm hielt den Blaster an seinen Hals. Sie schwebten in Richtung Hauptquartier des Syndikats.

Kapitel 12

Obi-Wan hielt Ausschau und wartete auf eine Chance, zu entkommen. Doch es schien unmöglich. Ein Teil des Trainings im Tempel hatte sich auf die Geduld bezogen, doch das war immer sein schlechtestes Fach gewesen.

Das Hauptquartier war mit Wachen überschwemmt. Zuerst wurden ihm der Mantel und das Visier abgenommen.

„Er ist kein Phindaner", sagte eine der überraschten Wachen. Obi-Wan schwieg.

Der andere Wachmann nahm ihm das Lichtschwert ab. Er versuchte, es anzuschalten, doch es gelang ihm nicht. „Was ist das? Irgend eine primitive Waffe?"

Wieder schwieg Obi-Wan.

Die zwei Wachen sahen sich nervös an. „Wir bringen ihn besser zu Weutta."

Weutta stellte sich als Chef der Sicherheitskräfte heraus. Beide Iris in Obi-Wans Augen wurden gescannt, um sie mit denen des echten Wachmannes K23M9 zu vergleichen. Obi-Wan sah die Meldung „KEINE ÜBEREINSTIMMUNG" auf dem Display. Weiter stand da nichts.

„Wir haben also keinen Eintrag über dich, Rebell", sagte der Sicherheits-Chef und schob sein Gesicht dicht vor Obi-Wans. „Wer sind deine Kontaktleute? Wieso bist du nach Phindar gekommen? Was ist mit Wache K23M9 passiert?"

Wieder schwieg Obi-Wan. Weutta gab ihm einen leichten Stoß mit einem Elektro-Jabber. Selbst diese kurze Berührung reichte aus, um Obi-Wan auf die Knie zu zwingen. Alles um ihn herum drehte sich, und seine Seite brannte von dem Elektroschock.

„Ich bringe den da zu Baftu", sagte Weutta. „Wir haben Sicherheitsstufe Eins. Er will alle Rebellen mit eigenen Augen sehen."

Weutta schleppte den geschwächten Obi-Wan einen scheinbar kilometerlangen Korridor entlang. Irgendwann erreichten sie eine massive, mit Schnitzereien verzierte Holztür. Ein Wachmann nickte sie durch. Sie kamen in einen großen, vollkommen leeren Raum. Sämtliche Fenster waren vollkommen mit Wandteppichen zugehängt. Am anderen Ende des Raumes befand sich eine zweite, schwere Doppeltür.

Weutta schleppte Obi-Wan zu der Tür und blieb stehen. Er drückte den Jungen auf die Knie und presste sein Gesicht auf den Boden. „Warte hier, Eidechse", brummte er. „Und sieh nicht nach oben!"

Mit dem Kopf auf dem Boden bewegte Obi-Wan nur seine Augen und sah dem groben Phindaner zu, wie er sein Visier und seinen Mantel zurechtrückte. Er räusperte sich. Offensichtlich war der Sicherheits-Chef angesichts des Treffens mit Baftu nervös. Er drückte eine Taste an der Seite der Tür.

Eine Sekunde später schwang die Tür auf. Ein genervter Baftu stand im Durchgang zu seinem Büro.

„Wieso störst du mich?“, bellte er Weutta mit finsterem Gesicht an.

„Ich habe einen Rebellen ...“, beeilte sich Weutta zu antworten.

„Wieso belästigst du mich mit solchen Dingen?“, brüllte Baftu.

„W-weil Ihr mich dazu angewiesen habt“, stammelte Weutta beinahe weinerlich.

„Du ekelst mich an. Lass den Rebellen hier und verschwinde!“

„Aber ...“

„Entschuldige, Oberkröte“, sagte Baftu in mörderisch schnurrendem Tonfall. „Bist du noch immer in meinem Blickfeld? Oder muss ich dich erst auf einen Elektro-Jabber schnallen, bis du dich zu Tode schüttelst?“

„Nein“, flüsterte Weutta und rannte an dem knienden Obi-Wan vorbei zu der Tür am anderen Ende. Er öffnete sie hastig und verschwand.

„Baftu!“ Das war Terras Stimme. Obi-Wan konnte sie nicht sehen. „Ich war noch nicht fertig!“

Baftu drehte sich um und ging wieder in sein Büro. Er blinzelte dabei nicht einmal in Obi-Wans Richtung. Die Tür ließ er angelehnt. Langsam kroch Obi-Wan mit gespitzten Ohren vorwärts. Er ließ die Macht fließen, um seine Sinne zu schärfen, damit er die beiden besser hören konnte. Es war ein wütendes Gemurmel.

„Ich war von Anfang an gegen diese Allianz mit Prinz Beju", sagte Terra. „Was wissen wir schon von ihm? Wir haben ihn noch nicht einmal persönlich getroffen. Alles wird nur durch seine Mittelsleute abgewickelt. Ich traue niemandem, den ich nicht sehen kann."

„Er kommt morgen hierher, Terra", sagte Baftu. „Dann wirst du ihn sehen. Und jetzt genug davon."

„Und wieso denkst du jetzt an die Ausdehnung unserer Aktivitäten?" Terra ignorierte seine Bemerkung und fuhr fort. „Wir sollten lieber unsere Position hier auf Phindar festigen. Die Rebellenaktivitäten werden mehr und mehr. Das Volk hungert. Die Med-Center schreien nach Behandlungsmaterial. Du hast zu viele Verknappungen vorgetäuscht, Baftu! Die Leute stehen kurz vor der Revolte!"

Baftu lachte. „Und was ist, wenn sie revoltieren? Sie sind krank und hungrig. Selbst wenn sie irgendwelche Waffen finden sollten, wären sie zu schwach, um sie lange hochzuhalten."

„Das ist kein Scherz, Baftu!", schrie Terra wütend.

„Ah, du wirst weich, schöne Terra", sagte Baftu. „Aber wenn dich der Stand der Dinge auf Phindar beunruhigt, warum änderst du nichts daran? Du kannst das Volk diese Woche ja mit ein paar Sonderrationen Lebensmittel versorgen. Das wäre keine schlechte Idee, jetzt wo Beju kommt. Es wird sie ablenken. Aber gib ihnen kein Bacta – ich habe das meiste davon Beju versprochen."

„Ich traue diesem Prinz nicht …"

„Wie du bereits gesagt hast", unterbrach Baftu sie, „immer und immer wieder. Ich werde mich um das Treffen kümmern. Du um Phindar. Und jetzt habe ich zu arbeiten."

„Was ist mit dem Rebellen?", fragte Terra.

„Kümmere dich darum. Phindar gehört jetzt zu deinem Aufgabengebiet, schon vergessen?"

Obi-Wan hörte stampfende Schritte und das Öffnen und Schließen einer Tür in dem anderen Raum. Schnell fiel er wieder auf seine Hände und Knie und drückte das Gesicht auf seine Handrücken.

Einen Moment später wurde ihm ein Stiefel auf die Schulter gesetzt. Er hatte Terra auf dem weichen Teppich nicht einmal kommen hören.

„Den Kopf hoch, Rebell!"

Obi-Wan hob den Kopf. Wie eigenartig, die freundlichen Augen von Guerra und Paxxi in einem solch bösen Gesicht zu sehen.

„So, du bist also kein Phindaner. Wer bist du?", fragte Terra ungeduldig.

„Ein Freund", gab Obi-Wan zurück.

Terra schnaubte. „Keiner von meinen. Du hast dich als Wache verkleidet. Du kennst die Strafe. Nun, vielleicht kennst du sie auch nicht. Vielleicht haben dir deine phindanischen *Freunde* nichts gesagt. Du wirst erneuert und auf einen anderen Planeten gebracht."

Obi-Wan bewegte keinen Muskel, doch innerlich schrie er auf. Erneuert! Das war unvorstellbar für ihn. Er war darauf vorbereitet, Folterungen zu überstehen. Aber seine Erinnerungen zu verlieren ... Es war unmöglich, sich das vorzustellen.

Terra seufzte. Sie wirkte müde, und für einen kurzen Augenblick sah Obi-Wan eine Spur von dem Mädchen, das sie einmal gewesen war. Sie drehte sich weg und richtete ihren Blick auf einen imaginären Punkt in der Ferne. „Keine Angst, Rebell. Es ist nicht so schlimm, wie die Leute sagen."

Vielleicht waren es die Spuren von Guerra und Paxxi in ihrem Gesicht, die Obi-Wan glauben ließen, er könne die nächste Frage riskieren. „Vermisst Ihr Eure Familie?"

Sie straffte sich für einen Augenblick. Er erwartete einen Schlag, doch stattdessen drehte sie sich nur zu ihm um. Ihr einsamer Blick war von einer Traurigkeit erfüllt, die die ganze Leere der fehlenden Erinnerungen widerspiegelte.

„Wie kann man etwas vermissen, an das man sich nicht erinnert?", fragte sie.

Kapitel 13

Qui-Gons Stimme war so scharf wie die Klinge eines Vibro-Dolches. „Du hast ihn allein gelassen!"

„Ist nicht so, Jedi-Gon! Er hat darauf bestanden!", rief Guerra. „Und alles ging so schnell. Ich wusste nicht, was ich tun sollte!"

„Du hättest bei ihm bleiben sollen!", stieß Qui-Gon hervor.

„Aber Obawan sagte mir, ich soll den Anti-Registrator mitnehmen. Das wäre das Wichtigste, sagte er", rief Guerra verzweifelt.

Qui-Gon atmete tief durch. Obi-Wan hatte Recht gehabt. Sie waren losgezogen, um den Apparat zu finden. Das hatte Vorrang vor allem anderen gehabt.

Er wandte Guerra den Rücken zu und versuchte, sich zu sammeln. Sie standen versteckt im Schatten außerhalb der großen Lagerhalle. Qui-Gon war drauf und dran, über Guerra herzufallen, über den ersten Wachmann des Syndikats, der ihm in die Quere kam, er war drauf und dran, ins Hauptquartier einzudringen. Sein

Zorn übermannte ihn beinahe, gewaltig und pochend, absolut unvernünftig. Er war überrascht, wie stark dieser Zorn war. Guerra hatte Obi-Wan auf der Minenplattform in Bandomeer verraten. Hatte er es wieder getan?

„Ich wusste nicht, was ich tun sollte, Jedi-Gon", sagte Guerra hinter ihm hilflos. „Obawan hat so darauf bestanden. Er sagte, gib mir deinen Mantel. Er sagte, die Macht würde ihm helfen. Jetzt sehe ich, dass er nur erreichen wollte, dass ich ihm gehorche. Wenn ich gewusst hätte, dass sie ihn mitnehmen, wäre ich liebend gern an seiner Stelle gegangen."

Qui-Gon drehte sich um und sah in Guerras sorgenerfüllte Augen. Sein Instinkt sagte ihm, dass er dem Phindaner glauben sollte. Und alles, was er von Obi-Wan erzählte, klang wahr. Sein Padawan hatte sich selbst geopfert, damit der Anti-Registrator aus dem Gebäude gelangte. Qui-Gon hätte das Gleiche getan.

Paxxi meldete sich leise zu Wort. „Wir haben ein Signal für Duenna – für den Notfall. Wir könnten es aktivieren. Sie wird uns morgen früh auf dem Marktplatz treffen und uns sagen, wie es Obawan geht und ob man Pläne mit ihm hat. Dann können wir seine Rettung arrangieren."

„Morgen ist es zu spät", sagte Qui-Gon. „Wir müssen es heute Nacht schaffen. Jetzt. Ich werde Obi-Wan dort nicht lange allein lassen."

Paxxi und Guerra tauschten Blicke aus. „Es tut uns so

Leid, aber ist nicht so, Jedi-Gon", sagte Guerra. „Das Hauptquartier wird für die Nacht komplett abgeschottet. Niemand kann hinein oder hinaus. Nicht einmal Terra und Baftu."

„Was ist mit dem Anti-Registrator?", fragte Qui-Gon. „Ihr sagtet, man kann damit überall eindringen."

„Ja, ist so", sagte Guerra. „Überall. Außer ins Hauptquartier nach der Abschottung."

„Duenna wird sich um Obawan kümmern", sagte Guerra leise. „Sie wird ihn so gut sie kann beschützen."

Qui-Gon drehte sich wieder weg. Wut erfüllte ihn. Doch dieses Mal war sie nicht auf Guerra gerichtet, sondern auf ihn selbst. Er hätte mit Obi-Wan kommen und die Derida-Brüder zusammen gehen lassen sollen. Doch er hatte befürchtet, dass sie den Anti-Registrator alleine nicht aus dem Gebäude geschafft hätten.

Triff eine Entscheidung, triff noch eine, hatte Yoda immer gesagt. *Eine Vergangenheit ändern du kannst nicht.*

Ja, er konnte nur nach vorn gehen. Und Qui-Gon musste schweren Herzens erkennen, dass er Obi-Wan heute Nacht nicht mehr retten konnte. Er konnte nicht den Erfolg seiner Mission gefährden, indem er eine Rettungsaktion unternahm, die zum Scheitern verurteilt war.

Obi-Wan saß in einer Zelle, die gerade groß genug war, ihn aufzunehmen. Seine Knie hatte er unter das Kinn gezogen. Es war kalt. Die kalte Luft auf seiner Haut war der eisigen Angst, die sein Herz umklammerte, sehr ähnlich.

Alles, aber nicht das, dachte er. *Ich ertrage alles, aber nicht das. Ich darf meine Erinnerung nicht verlieren!*

Er würde seine ganze Jedi-Ausbildung verlieren, all seine Kenntnisse. Die ganze Weisheit, um die er so hart gekämpft hatte. Würde er auch die Macht verlieren? Vielleicht die Erinnerung, wie sie zu beherrschen war.

Und was würde er noch verlieren? Freundschaft. Alle Freunde, die er im Tempel kennen gelernt hatte. Die sanfte Bant mit ihren silbernen Augen. Garen, mit dem er gekämpft und gelacht hatte und der im Lichtschwert-Training immer genau so gut wie er gewesen war. Reeft, der niemals genug zu essen bekam und immer so lange traurig auf seinen leeren Teller sah, bis ihm Obi-Wan etwas von seinem Essen abgab. Sie hatten ein enges Verhältnis zueinander gehabt, und er vermisste sie alle. Wenn er seine Erinnerung an sie verlieren würde, dann wären sie für ihn wie tot.

Obi-Wan dachte an seinen dreizehnten Geburtstag. Er schien schon so weit entfernt zu sein. Er hatte bisher seine Meditationsaufgabe noch immer nicht vollzogen. Jetzt fiel ihm wieder ein, wie Qui-Gon ihn ermahnt hatte. *Ja, Zeit ist schwer fassbar. Es ist dennoch am besten, sie aufzuspüren.*

Obi-Wan hatte sie nicht aufgespürt. Er hatte sich die Zeit nicht genommen. Jetzt würde er alle Zeit der Welt haben und nichts, woran er sich erinnern könnte.

Er drückte die Stirn gegen die Knie und fühlte, wie die Angst ihn übermannte. Sie füllte seine Gedanken mit Dunkelheit. Zum ersten Mal in seinem Leben spürte er, wie es war, alle Hoffnung zu verlieren.

Dann, inmitten all der Kälte und Angst, spürte er etwas Warmes in seiner Tunika. Er griff in die versteckte Tasche, innen an der Brust. Seine Finger schlossen sich um den Stein aus dem Fluss, den ihm Qui-Gon gegeben hatte. Er war warm!

Er holte ihn heraus. Der schwarze Stein leuchtete in der Dunkelheit und funkelte wie ein Kristall. Obi-Wan schloss noch einmal seine Finger um den Stein und spürte ein Summen an seinen Fingerspitzen. Ihm wurde klar, dass der Stein empfänglich für die Macht sein musste.

Diese Erkenntnis war wie ein Lichtstrahl in der Dunkelheit seiner Gedanken. *Nichts ist verloren, wo die Macht verweilt*, hatte er im Tempel gelernt, *und die Macht ist überall.*

Obi-Wan versuchte daran zu denken, was Guerra ihm über die Gehirnwäsche gesagt hatte. Manche Wesen mit sehr starkem Bewusstsein können den Auswirkungen der Gedankenauslöschung standhalten. Vielleicht bedeutete das, dass ihm die Macht helfen konnte. Wofür sonst stand die Macht, wenn nicht für Stärke und Licht?

Obi-Wan hielt den Stein fest. Er ließ die Macht um sich fließen, als wäre sie ein Schild. Er stellte sich vor, dass sie sich wie eine Festung um jede seiner Gehirnzellen legte.

Sie würde der Dunkelheit widerstehen und seine Erinnerungen festhalten.

Als sich die Tür zu seiner Zelle öffnete und die Wachen hereinkamen, sah er nicht einmal auf.

Kapitel 14

Der Marktplatz war am nächsten Tag voller Leute, obwohl es noch weniger als sonst zu kaufen gab. Die Verzweiflung auf den Gesichtern der Phindaner spiegelte die von Qui-Gon wider. Er ging ungeduldig hin und her, wartete, dass Duenna erscheinen würde.

Irgendwann hielt er es nicht mehr aus. „Ich gehe selbst zum Hauptquartier“, sagte er grimmig zu Guerra und Paxxi. „Ich finde einen Weg.“

„Wartet, Jedi-Gon“, bat Guerra. „Für Duenna ist es schwierig, sich davonzuschleichen, aber sie schafft es immer.“

„Und, ist so, da ist sie!“, rief Paxxi.

Duenna kam durch die Menge auf sie zu. Sie trug dieses Mal keinen schusssicheren Mantel, sondern Umhang und Kapuze. Sie hatte eine große Tasche bei sich.

„Neuigkeiten von Obi-Wan?“, fragte Qui-Gon sofort, als sie bei ihnen war.

Sie legte sich eine Hand auf das Herz und holte tief Atem. „Im Hauptquartier herrscht oberste Alarmstufe. Prinz Beju kommt Morgen an …“

„Was ist mit Obi-Wan?", bellte Qui-Gon ungeduldig.

„Das versuche ich ja, Euch zu sagen", sagte Duenna. „Ich habe noch nie erlebt, dass sie so schnell handeln. Er – er wurde in einer Zelle gebracht."

„Wo?", fragte Qui-Gon drängend.

„Da ist er nicht mehr", sagte Duenna und legte sanft ihre Hand auf seinen Arm. Mit einem Mal bemerkte Qui-Gon, dass ihr Blick voller Mitleid für ihn war. Sein Herzschlag setzte einen Augenblick lang aus.

„Was ist passiert?", fragte er heiser.

„Er wurde erneuert", sagte sie mit gebrochener Stimme. „Letzte Nacht. Und bei Morgengrauen heute Morgen wurde er auf einen anderen Planeten gebracht."

Paxxi und Guerra spähten um die Ecke in den Raum, in dem Qui-Gon saß. Seine Augen geradeaus gerichtet, Schneidersitz, bewegungslos. Duenna war ins Hauptquartier zurückgekehrt, also waren sie geradewegs zu Kaadis Haus gegangen.

Gleich als sie angekommen waren, hatte sich Qui-Gon in das kleine Zimmer zurückgezogen, wo sie schliefen. Er saß schweigend in der Mitte des Raumes auf dem Boden. Eine Stunde lang saß er nun schon dort. Die Brüder hatten ihn zuerst in Ruhe gelassen, doch jetzt konnte er ihre besorgten Blicke spüren.

Ohne die Augen zu öffnen, sagte Qui-Gon: „Ich gebe nicht auf. Ich schmiede einen Plan."

„Na klar, Jedi-Gon“, sagte Guerra. Seine Stimme klang erleichtert. „Das wissen wir.“

„Ja, ist so“, stimmte ihm Paxxi zu. „Wir wissen, dass die Jedis nicht aufgeben. Wir müssen allerdings zugeben, dass wir uns ein paar Sorgen gemacht haben. Die Neuigkeiten von unserem Freund Obawan sind so furchtbar.“

Qui-Gon öffnete die Augen. In den Augen der Derida-Brüder sah er die gleiche gehetzte Verzweiflung, die sein Herz erfüllte. Er musste kämpfen, um den Hass in sich zu überwinden. Es hatte ihn Zeit gekostet, seine Gedanken zu beruhigen. Immer und immer wieder hatte er versucht, einen Plan zu entwerfen und war dabei ständig voller Seelenqual und in Gedanken an Obi-Wans Schicksal gewesen. Er war bis auf den Grund seiner Seele bewegt. Der Gedanke an einen Obi-Wan, der seine Erinnerungen, seine Ausbildung verloren hatte, war unerträglich.

Er hatte seinem Padawan gegenüber versagt. Er hätte wissen müssen, dass das Syndikat schnell reagieren würde. Er hätte letzte Nacht schon versuchen müssen, ihn zu retten. Jetzt war Obi-Wan zu einem Leben verdammt, das so leer war, dass Qui-Gon jedes Mal erschauerte, wenn er versuchte, es sich vorzustellen.

Was war mit Obi-Wans Jedi-Ausbildung? Alles verloren. Was würde aus dem Jungen werden? Er wäre noch immer empfänglich für die Macht, denn das war keine Sache der Erinnerung. Doch wie konnte Obi-Wan sie nutzen, wenn ihn die Lektionen des Tempels nicht führten? Wenn er seine Fähigkeiten wieder entdeckte, wie würde er sie ohne Führung nutzen? Würde er ein einsamer, zielloser Söldner werden? Würde er die Macht für dunkle Machenschaften nutzen, wie Qui-Gons früherer Jedi-Padawan Xanatos?

Er konnte nicht glauben, dass das alles möglich war. Er *wollte* es nicht glauben. Selbst wenn Obi-Wan sein Gedächtnis verlor, würde er bestimmt seine Güte behalten.

Ja, Qui-Gon war voller Sorge. Und er hatte ein gebrochenes Herz. Den Jungen, den er gekannt hatte, gab es nicht mehr. Dieser fleißige, wissbegierige Junge. Dieser schnelle Schüler. Der Junge, der etwas lernen wollte.

Qui-Gon lehnte es ab zu glauben, dass das alles verloren sein sollte. Nein. Er hoffte noch immer, dass die Gehirnwäsche irgendwie rückgängig zu machen war, wenn er Obi-Wan finden konnte.

„Und, was denkt Ihr, Jedi-Gon?", fragte Guerra zögerlich.

„Morgen müssen wir handeln", sagte Qui-Gon. „Wir müssen das Syndikat auf ganzer Linie bloßstellen. Und was für einen besseren Zeitpunkt gäbe es, als dann, wenn sie versuchen, Prinz Beju zu beeindrucken? Erstens werden sie abgelenkt sein, und zweitens können wir auf diese Weise ihre Allianz mit dem Prinzen vernichten, bevor sie überhaupt zu Stande kommt."

„Ist wirklich so", schnaufte Paxxi.

„Wir müssen die Lagerhäuser öffnen, wenn der Prinz ankommt", sagte Qui-Gon ruhig. Er hatte sich einen

Plan ausgedacht, von dem er glaubte, dass er funktionierte. „Kann Kaadi die Leute zusammentrommeln?"

„Ja, ist so", sagte Guerra nickend.

„Das wird unser Ablenkungsmanöver", sagte Qui-Gon. „Die Leute werden in die Lager stürmen. Das Syndikat wird in Panik ausbrechen. In den Straßen wird Chaos herrschen. Wir werden mit dem Anti-Registrator geradewegs zum Hauptquartier marschieren. Und dann nehmen wir den Schatz."

„Tagsüber?", fragte Paxxi. „Aber das wird ziemlich gefährlich werden. Und Duenna kann uns dabei nicht helfen."

Qui-Gon drehte sich um und sah sie an. Seine Augen brannten in dem kleinen Zimmer wie ein blaues Feuer. „Seid ihr dabei?", fragte er.

Die zwei Brüder sahen einander an. „Ja, ist so", sagten sie im Chor.

Kapitel 15

Das Brummen der Maschinen unter Obi-Wan dröhnte in seinem Kopf. Man hatte ihn auf den Boden eines Raumtransporters geworfen, in einen Frachtraum eingesperrt. Seine Augen hielt er geschlossen. Er musste seine Konzentration aufrecht erhalten. Er war völlig ausgelaugt. Erschöpft. Krank.

Aber er konnte sich *erinnern*.

Sie hatten ihn nicht brechen können. Sie hatten nicht gewonnen.

Sie kamen herein und er sah sie nicht einmal an. Auch nicht, als sie ihn auslachten. Er steckte den Flussstein schnell wieder in die Tasche seiner Tunika, damit sie ihn nicht sahen und ihm wegnahmen. Der Stein an seinem Herzen hatte ein immer währendes, wärmendes Glühen abgestrahlt. Daraus hatte er seine Kraft geschöpft. Es war der greifbare Beweis, dass die Macht mit ihm war.

Während sie ihren Gehirnwäsche-Droiden bereitmachten, baute Obi-Wan Mauern der Macht in sich auf. Er packte alle Erinnerung sorgsam ein, sogar diejenigen, die schon ziemlich verblasst waren. Er hütete die Guten wie die Schlechten.

Seinen ersten Tag im Tempel ... Er war so jung, so furchtsam gewesen. Sein erster Eindruck von Yoda, der auf ihn zugekommen war und ihn mit seinen schläfrigen Augen begrüßt hatte. „Weit herzukommen, weit zu gehen es ist", hatte er gesagt. „Kalt und warm es ist. Ausschau halte, wonach du suchst. Hier du finden es wirst. Hör zu."

Das Plätschern der Brunnen. Der Fluss, der hinter dem Tempel verlief. Die Glöckchen, die der Koch an einen Baum in dem Wäldchen bei der Küche gehängt hatte. Er hatte damals all diese Dinge aufgenommen, und etwas in ihm hatte sich gelöst. Das erste Mal in seinem Leben hatte er gedacht, hier könnte er sich zu Hause fühlen.

Eine gute Erinnerung.

Doppelte Metallbügel wurden gegen seine Schläfen geschraubt. Die Elektroden.

Der Stein glühte an seinem Herz.

Ein Besuch zu Hause. Seine Mutter. Zärtlichkeit und Licht. Sein Vater. Ein polterndes Lachen, in das sich das seiner Mutter mischte, beide voller Wärme. Süßer Saft in seinem Mund. Weiche Gräser unter seinen Fußsohlen.

Der Droide aktivierte die Gehirnwäsche, und die Wachen sahen zu. Eine eigenartige Empfindung begann in seinen Schläfen und wanderte tiefer in ihn hinein. Kein Schmerz, nicht einmal ...

Owen. Sein Bruder hieß Owen.

Reeft bekam niemals genug zu essen.

Bants Augen waren silberfarben.

Das erste Mal, als er sein Lichtschwert in die Hand genommen hatte. Es hatte geglüht, als er es aktiviert hatte. Die meisten der Schüler im Tempel waren tollpatschig gewesen. Er nicht. Niemals. Nicht mit dieser Waffe. Das Lichtschwert hatte sich in seiner Hand immer gut angefühlt.

Jetzt ein Schmerz. Weiß glühend.

Die Macht war auch hell. Er stellte sie sich vor, golden, stark, glühend. Sie hatte eine Barriere um seine Gedanken herum gebildet.

Sie gehören mir. Nicht euch. Ich behalte sie.

Die Wachen des Syndikats waren überrascht, ihn lächeln zu sehen.

„Er freut sich glaube ich, sein Gedächtnis verschwinden zu sehen", sagte einer von ihnen.

Nein, es verschwindet nicht. Ich habe es noch. Und ich werde es festhalten ...

Grober Leinenstoff an seinen Händen. Er hatte sich an seiner Mutter festgehalten. Das Ende des Besuchs. Ja, er hatte zurück zum Tempel gehen wollen. Es war eine große Ehre. Sie hatten gewusst, dass sie ihn nicht davon abhalten konnten. Er hatte es so sehr gewollt. Dennoch hatte der Abschied im Herzen so wehgetan. Eine weiche Wange war gegen die seine gedrückt worden.

Ich werde dich immer in mir tragen.

Die Art, wie die Dämmerung über den Tempel kam. Langsam, wegen all der Lichter und der hellen Gebäude auf Coruscant. Das Licht brauchte lange, um zu verschwinden. Dann war er immer mit Bant an den Fluss gegangen. Bant liebte den Fluss. Sie war in einer Welt der Sümpfe aufgewachsen. Ihr Zimmer hatte immer eine hohe Luftfeuchtigkeit. Sie schwamm im Fluss wie ein Fisch. Wenn die Dämmerung kam, hatte das Wasser die gleiche Farbe wie ihre Augen.

Schmerz. Er fühlte sich krank. Sein Bewusstsein entglitt ihm. Wenn er jetzt ohnmächtig wurde, würde er verlieren.

Yoda. Yoda würde er nicht verlieren. *Stärke du besitzt, Obi-Wan. Auch Geduld, doch finden sie musst du noch. Sie ist hier in dir drin. Suchen du wirst, bis findest du sie und dann festhältst. Lernen zu benutzen sie du musst. Lernen, dass sie retten wird dich, du wirst.*

Er würde Yodas Lektionen nicht verlieren. Er hatte eine Barriere der Macht um sie gebaut. Wieder brandete der Schmerz auf und machte ihn schwindelig. Lange konnte er nicht mehr standhalten.

„Wie heißt du?“, fragte der Wachmann barsch.

Obi-Wan rollte mit leeren, kranken Augen vor dem Wachmann.

„Dein Name“, wiederholte die Wache.

Obi-Wan gab vor, zu suchen, spielte Panik.

Der Wachmann lachte. „Der hier ist getoastet.“

Der Droide nahm die Elektroden ab, und Obi-Wan stürzte auf den Boden.

„Er wird jetzt schlafen", sagte die Wache.

„Er wird nicht träumen", fügte der andere hinzu.

Aber er hatte Unrecht.

Er wurde auf die Füße gerissen. Ein Wachmann des Syndikats starrte in sein Gesicht.

„Bist du bereit, dein neues Leben kennen zu lernen?"

Obi-Wan blickte ihn mit einem teilnahmslosen Gesichtsausdruck an.

„Ich habe Geld auf dich gesetzt", sagte der Wachmann. „Du wirst es auf Gala keine drei Tage machen."

Gala! Obi-Wan behielt seinen gleichgültigen Blick bei. Aber er war erleichtert. Was für ein Glücksfall! Auf Gala konnte er wenigstens einen Weg finden, um Qui-Gon zu benachrichtigen.

Er kannte Prinz Bejus Pläne. Vielleicht konnte er auf Gala einen rivalisierenden Politiker finden, der ihm helfen würde.

Die Ausstiegsrampe glitt nach unten. Er sah einen grauen, steinernen Raumhafen voller verkommen aussehender Raumjäger. Eine Reihe von Wachposten verhinderte jegliches unbefugtes Eindringen.

Obi-Wan erinnerte sich daran, was Qui-Gon gesagt hatte. Das Königshaus hatte den Planeten geplündert. Rivalisierende politische Gruppen kämpften um die Machtposition. Das Volk stand kurz vor der Revolte.

„Viel Spaß!", kicherte der Wachmann des Syndikats und gab ihm einen Stoß die Rampe hinunter.

Ein Sonden-Droide summte hinter Obi-Wan her, als er sich vorsichtig seinen Weg durch den Raumhangar bahnte. Als er zu einer der Wachhütten kam, winkte ihn die Wache einfach durch. Es bestand kein Zweifel, dass das Syndikat sie angewiesen hatte, ihn ohne Weiteres durchzulassen. Wenn er einmal auf den Straßen von Gala wäre, würde für sie der Spaß beginnen. Dann würden sie ihre Wetten abschließen, wie lange er überleben konnte.

Obi-Wan tauchte in die belebten Straßen von Galu, der Hauptstadt von Gala, ein. Der kleine Sobot schwebte beständig hinter ihm her. Obi-Wan wusste, dass er immer eine Kamera auf ihn gerichtet hatte. Es war schwierig zu entscheiden, was er tun sollte. Wie würde jemand auf eine solche Stadt reagieren, der keinerlei Erinnerung an sein einstiges Wissen hatte?

Galu war einst großartig und eindrucksvoll gewesen. Doch jetzt zerfielen die großen Steingebäude. Obi-Wan sah Löcher und Vertiefungen, wo Ornamente von den Fassaden gebröckelt waren. Wo einst Bäume die Straßen eingesäumt hatten, standen jetzt nur noch entstellte Stümpfe.

Die Galakianer waren eine humanoide Spezies mit einer bleichen, leicht bläulichen Haut. Das Sonnenlicht fiel nur spärlich auf den Planeten, und sie wurden wegen ihrer hellen, fast leuchtenden Haut als ‚Mondleute' bezeichnet. Obi-Wan sah überall Hinweise für ihre Armut. Während die Stimmung auf Phindar eher angstvoll war, so lag hier eindeutig Zorn in der Luft.

Obi-Wan hielt seinen verwirrten Gesichtsausdruck aufrecht. Er starrte in Schaufenster und versuchte den Eindruck zu erwecken, als hätte er die Dinge darin noch nie zuvor gesehen. Er vermied es, Fremden in die Augen zu sehen und trottete ohne offensichtliches Ziel durch die Straßen. Doch in Wirklichkeit bewegte er sich langsam auf ein großes, funkelndes Gebäude auf einem entfernten Hügel zu. Er nahm an, dass dies der große Palast von Gala war. Blaue und grüne Edelsteine, die in die Türme eingelegt waren, fingen das schwache Sonnenlicht ein und ließen den Palast glitzern.

Plötzlich stellte sich ihm ein riesiger Galakianer in den Weg. „Du", sagte er und legte eine seiner fleischigen Hände auf Obi-Wans Schulter, „weißt du, was ich mir heute Morgen beim Aufwachen gesagt habe?"

Der Sobot summte um Obi-Wan herum. Er widerstand der Versuchung, wie ein Jedi zu reagieren, und sah dem Mann absichtlich nicht mutig in die Augen. Er sprach nicht mit fester Stimme sondern respektvoll, um die Situation zu entschärfen. Er musste furchtsam und verwirrt reagieren.

Und hoffen, dass er nicht getötet wurde.

Obi-Wan zeigte Besorgnis. „Was?", fragte er.

Der große Mann drückte schmerzhaft Obi-Wans Schulter. „Dass ich der ersten Type vom Hügelvolk, die ich sehe, die Kehle durchschneide."

„Ich bin keiner vom Hügelvolk", sagte Obi-Wan. Dann wurde ihm bewusst, dass er ohne Erinnerung kaum wissen konnte, ob er von einem Hügel kam oder nicht. Er gab vor, plötzlich verwirrt zu sein.

„Du siehst aber wie einer aus“, sagte der Galakianer. Er griff nach dem Vibro-Dolch an seinem Gürtel. Obi-Wan hörte, wie die Waffe mit einem schabenden Geräusch aus dem Futteral glitt. Die Klinge hörte sich sehr lang an.

Obi-Wans Hand bewegte sich instinktiv zu seinem Lichtschwert. Aber er hatte natürlich keines mehr – das Syndikat hatte es konfisziert. Und wenn er es benutzt hätte, wäre ohnehin die Kamera des Sobots aufmerksam geworden.

„Die Leute sagen, ich sehe wie einer aus“, sagte er schnell. „Immer. Ich verstehe das gar nicht.“

Der Mann runzelte die Stirn. „Nicht?“

„Ich bin vielleicht hässlich, aber doch nicht *so* hässlich“, sagte Obi-Wan. Er hatte nicht die geringste Idee, was das Hügelvolk war. Oder wie einer davon aussah. Doch er wusste, dass seine einzige Chance, sich hier herauszureden, die war, sich mit seinem Feind gut zu stellen.

Der große Mann sah in hohl an. Dann warf er seinen Kopf zurück und lachte. Seine Hand fiel von Obi-Wans Schulter ab.

Obi-Wan ging einen Schritt zurück und grinste, während der Mann lachte. Er begann langsam, sich davon zu machen. Noch immer lachend, steckte der Mann seinen Vibro-Dolch in das Halfter zurück und ging davon.

Wegen des allgegenwärtigen Sobots hielt Obi-Wan

immer einen ängstlichen und verwirrten Blick auf seinem Gesicht aufrecht. Es wurde ihm klar, dass er zuerst den Droiden loswerden musste. Wenn er sich zum Überleben nur auf seinen Verstand verlassen musste, dann würde er noch vor Einbruch der Dämmerung tot sein.

Der Gedanke daran entlockte Obi-Wan ein Lächeln, doch er versteckte es schnell hinter einer Hand. Er bog in eine Seitenstraße ein. Während er so dahinging, benutzte er eine Jedi-Technik, um sich umzusehen, ohne dass es so aussah. Er sammelte Informationen und wartete auf seine Chance.

Vor ihm, vor der Tür eines Cafés, stand ein Karren voller Gemüse. Ein Koch stand dabei und diskutierte mit dem Fahrer des Karrens. Obi-Wan sah, wie ein Speeder-Bike um die Kurve kam. Das konnte seine Chance sein.

Er beschleunigte seinen Schritt. Als er näher an den Karren kam, stolperte er, wobei er immer den benommenen, verwirrten Blick auf seinem Gesicht hatte. Sein Sturz brachte ihn genau in die Bahn des Speeder-Bikes. Er sah den überraschten Gesichtsausdruck des Fahrers, der ruckartig versuchte, auszuweichen und Obi-Wan nicht zu überfahren. Er schlug gegen den Karren, der sofort umfiel. Der Fahrer des Karrens schrie den Speeder-Fahrer an, der gab aber nur Gas und machte sich aus dem Staub.

Der Karrenbesitzer lief ihm nach, las im Laufen Gemüse auf und warf es nach dem Speeder. Eins der Gemüse traf den Sobot, der einen warnenden Piepton ausstieß und in der Luft herumtorkelte. Obi-Wan rollte sich schnell hinter den Karren und lief los. Er machte einen Überschlag und landete in der Küche des Cafés. Dann rannte er an einem überraschten Arbeiter vorbei, der in seiner Suppe rührte, und lief in den Gastraum. Er ging zur Tür und lief hinaus auf die Straße. Schnell drückte er sich in den Laden nebenan.

Einen Augenblick später sah er den Sobot draußen vor der Tür umherfliegen. Er schwebte sich langsam drehend auf der Straße. Die Kamera scannte die Passanten ab. Obi-Wan hielt sich in dem Laden versteckt. Langsam suchte der Sobot die Straße ab, wobei er sich langsam drehte. Obi-Wan zog sich weiter ins Ladeninnere zurück, lief an einem überraschten Ladenbesitzer vorbei und verschwand durch den Hinterausgang.

Der Palast von Gala war nicht weit entfernt. Obi-Wan zögerte an den mit Juwelen verzierten Toren und fragte sich, was er tun sollte. Er konnte wohl kaum einfach hineingehen und sagen, worum es ihm ging. Er rechnete damit, dass die Minister und Kandidaten für das Regierungsamt zum Palast kommen mussten, um sich wegen der bevorstehenden Wahlen zu treffen. Sollte er einfach die nächste wichtig aussehende Person anhalten und ihr sagen, warum er hier war?

Obi-Wan wünschte, Qui-Gon wäre bei ihm. Der Jedi-Ritter würde wissen, was zu tun war. Obi-Wans Kopf war zu sehr mit den vielen Möglichkeiten und Vermutungen beschäftigt. Hier, auf den Straßen außerhalb des Palastes, fühlte er sich zu ungeschützt. Er fürchtete, der Sobot könnte jeden Augenblick zurückkehren.

Während er sich noch immer fragte, wie er weiter vorgehen sollte, zog er sich in den Schatten eines Gebäudes zurück. Er sah zu, wie ein kleines Passagierraumschiff vom Himmel herabsteuerte. Es sah so aus, als käme es geradewegs auf ihn zu. Obi-Wan hielt den Atem an bis er bemerkte, dass er neben einem kleinen Raumhafen-Hangar stand.

Er lief los, um die Landung des Schiffes zu beobachten, blieb dabei aber immer im Schatten des Gebäudes. Die Rampe senkte sich, und ein Pilot kam heraus. Jemand kam auf ihn zu, um ihn zu begrüßen. Es war ein junger Mann in einem langen Gewand und einer tuchartigen Kopfbedeckung.

„Ich habe hier drei Minuten gewartet", keifte der Junge, als der Pilot zu ihm kam.

„Ich bitte um Vergebung, mein Prinz. Der Kontrollcheck dauerte etwas länger als üblich. Aber wir sind jetzt zum Abflug bereit."

Obi-Wan zuckte zusammen. Das musste Prinz Beju sein!

„Langweile mich nicht mit Nebensächlichkeiten", schnauzte der Prinz. „Ist meine Ausrüstung an Bord?"

„Ja, mein Prinz. Ist Eure königliche Garde bereit, an Bord zu kommen?"

„Langweile mich nicht mit Fragen – gehorche mir einfach!", befahl Prinz Beju. „Ich erwarte den Start in zwei

Minuten. Ich werde mich während des Fluges ausruhen und möchte nicht gestört werden."

Prinz Beju warf seinen Umhang über die Schulter und stolzierte davon. Obi-Wan war klar, dass der Prinz auf dem Weg nach Phindar zum Treffen mit dem Syndikat sein musste. Sollte er den Prinzen aufhalten?

Nein, dachte Obi-Wan. Wenn er sich einmischte, würde er nur im Gefängnis landen, dieses Mal auf Gala. Er schmuggelte sich besser an Bord und sah zu, dass er zurück nach Phindar kam.

Obi-Wan beobachtete, wie Prinz Beju oben an der Rampe verschwand. Er war überrascht zu sehen, dass der Prinz nicht viel älter war als er selbst. Er hatte auch die selbe Größe wie Obi-Wan und die gleiche kräftige Figur ...

Die Idee kam wie ein gezündetes Lichtschwert in Obi-Wans Sinn. War das zu riskant? Sollte er es wagen?

Er hatte nur Minuten, um sich zu entscheiden. Vorsichtig schlüpfte er in das Schiff. Prinz Beju war nirgendwo zu sehen. Obi-Wan fiel auf, dass der Transporter des Prinzen ein kleiner Raumgleiter war, der für seinen hoheitlichen Gebrauch umgebaut worden war. Er war mit allem nur denkbaren Luxus ausgestattet. Prinz Beju hielt sich möglicherweise in seinem Empfangszimmer, genau hinter der vergoldeten Tür zu Obi-Wans rechter Seite, auf.

Obi-Wan ging schnell ins Cockpit. Er setzte sich einen Augenblick hin und machte sich mit den Kontrollen vertraut. Er hatte schon Wolkenwagen und Luft-Speeder gesteuert, und einmal auch ein riesiges Transportschiff. Das hier konnte nicht so schwierig sein.

Er ging zurück zum Empfangszimmer und öffnete eine Schranktür. Eines der Fächer war voller Vorratsgüter, doch was er wirklich suchte, fand er im Nächsten – eine Reihe von Kopfbedeckungen wie die, die der Prinz trug. Obi-Wan setzte sich schnell eine davon auf und hängte sich einen tief lilafarbenen Umhang aus feinstem Stoff über die Schultern.

Er ging zurück zum Cockpit und setzte sich in den Pilotensessel. Er sah den Piloten zusammen mit drei königlichen Wachen zurück zum Schiff kommen. Schnell holte Obi-Wan die Einstiegsrampe ein und startete den Ionenantrieb. Der Pilot blickte erschrocken auf.

Obi-Wan konnte die Verwirrung auf seinem Gesicht sehen. Der Padawan zählte auf den Umstand, dass die Kopfbedeckung und der Umhang den Piloten und die Wachen täuschen würden. Sie mussten annehmen, dass Prinz Beju das Schiff selbst steuern wollte. Vielleicht glaubten sie es nicht lange – aber wenn Obi-Wan Glück hatte, dann reichte die Zeit, um mit dem Schiff abzuheben.

Plötzlich meldete sich eine Stimme im Comlink: „Die zwei Minuten sind um!“, bellte Prinz Beju. „Warum heben wir nicht ab?“

„Sofort, mein Prinz“, gab Obi-Wan zurück. Er begann mit den Vorbereitungen für den Start. Die Ionenmaschinen liefen. Der Pilot und die Wachen kamen näher, versuchten, einen besseren Blick zu erhaschen. Obi-Wan sah, wie die Hand eines Wachmannes zu seinem Blaster wanderte.

„Jetzt", murmelte er, und das Schiff donnerte aus dem Hangar.

Die Koordinaten für Phindar waren bereits in den Navigationscomputer eingegeben worden. Obi-Wan steuerte das Schiff sicher aus der Atmosphäre von Gala. Er wartete, bis sie im tiefen Raum waren. Dann warf er den Umhang und die Kopfbedeckung zur Seite.

An der Seite des Cockpits befand sich ein Waffenschrank. Obi-Wan suchte sich einen Blaster aus. Dann ging er nach hinten zum Empfangsraum des Prinzen.

Der Prinz erholte sich auf einer Schlafcouch, als Obi-Wan den Raum betrat. „Ich sagte, ich will nicht gestört werden!", beschwerte sich der Prinz ohne aufzusehen.

Obi-Wan kam näher. Er hielt dem Prinzen den Blaster ans Kinn. „Das tut mir aber Leid."

Der Prinz wirbelte herum, um Obi-Wan anzusehen. „Wachen!", schrie er.

„Sie wollten lieber auf Gala bleiben", sagte Obi-Wan.

„Verlasse sofort mein Schiff!", tobte Prinz Beju. „Ich werde dich tot sehen! Wer bist du? Wie kannst du es wagen?"

„Langweile mich nicht mit Fragen", sagte Obi-Wan und drückte den Prinzen auf die Knie. „Gehorche mir einfach."

Kapitel 16

Qui-Gon, Guerra und Paxxi fanden hinter einem Stapel Reparaturequipment einen Platz zum Verstecken. Sie hatten von Duenna erfahren, wann die Ankunft des Prinzen sein sollte. Baftu und eine Truppe von Kampf-Droiden und Syndikatswachen warteten auf der Landeplattform.

Die Derida-Brüder und Qui-Gon trugen ihre gestohlenen Syndikatsmäntel. Obwohl die Kleidung ihnen etwas Schutz bot, war es besser, außer Sichtweite zu bleiben.

Kaadi hatte sich voller Enthusiasmus ihrem Plan angeschlossen. Sie dachte ebenfalls, dass der Besuch des Prinzen der perfekte Zeitpunkt für den Angriff wäre. Sie hatte mit allen Rebellenanführern Kontakt aufgenommen. Alles was sie brauchten, war ein Signal von ihr, wenn die Lagerhäuser offen waren. Sie hatte Leute ernannt, die die Waffen heraussuchen und verteilen sollten, ebenso Lebensmittel und andere Güter. Und wenn das Bacta auf das Schiff des Prinzen geladen wurde, würde sie dafür sorgen, dass die Leute es sahen.

Qui-Gon konnte sich die Wut eines Volkes, das so lange um die notwendigsten Dinge betrogen worden war, nicht vorstellen. Die Hauptstadt würde sicherlich explodieren. Das würde so viel Verwirrung stiften, dass sie unbemerkt einbrechen und den Schatz stehlen konnten. Wenn das Syndikat einmal vernichtet war, konnte endlich der Frieden nach Phindar zurückkehren.

Warum also war er so bedrückt? Qui-Gon befragte sich selbst. War es vielleicht, weil sein Plan so einfach aussah und dabei so viel von Vermutungen abhing? Was war, wenn der Prinz zuerst zum Hauptquartier ging? Was, wenn Baftu ihm folgte und das Bacta zurückhielt? Was, wenn Paxxis Anti-Registrator nicht funktionierte? Qui-Gon hatte ihn an einem Sicherheitsschloss bei Kaadi getestet, aber die Schlösser der Lagerhäuser konnten ja anders sein. Es wäre gefährlich gewesen, den Anti-Registrator dort auszuprobieren, doch hätten sie es nicht wagen *müssen*?

Vielleicht ließ er zu sehr zu, dass ihm seine Sorge um Obi-Wan die Kontrolle über sein Urteilsvermögen nahm. Er konnte es kaum erwarten, den Zusammenbruch des Syndikats herbeizuführen, damit er seinen Padawan suchen konnte. Aber – handelte er nicht übereilt?

„Ihr macht Euch Sorgen, Jedi-Gon", flüsterte Guerra. „Das solltet Ihr nicht. Alles wird glatt laufen. Paxxi und ich haben immer Glück gehabt."

Qui-Gon hatte gewiss noch keinen Beweis für diese Behauptung gesehen. Doch Guerra versuchte nur hilfreich zu sein, also nickte er dankbar.

„Ja, ist so, das garantieren wir“, fügte Paxxi flüsternd hinzu. „Das Syndikat wird geschwächt, vielleicht zusammenbrechen und Prinz Beju wird ohne Bacta und ohne Allianz wieder abfliegen. Ist genau so!“

„Da kommt ein Schiff!“, zischte Guerra.

Das Schiff des Prinzen kam ins Blickfeld, weiß und glänzend. Es glitt in einer perfekten Landung herunter. Die Rampe senkte sich langsam ab. Qui-Gon war angespannt. Jetzt würde es losgehen.

Der Prinz kam langsam die Rampe herunter. Er war allein. Zuerst war Qui-Gon überrascht. Er hatte angenommen, dass der Prinz mit einer königlichen Leibgarde ankommen würde.

Dann spürte er plötzlich ein Gefühl der Vertrautheit. Aber weshalb? Es dauerte einige Sekunden, bis ihm klar wurde, dass der Junge dort drüben der verkleidete Obi-Wan war.

Freude erfüllte ihn. Sein Padawan lebte!

Doch auf die Freude folgte bald schon Verwirrung. Hatte Obi-Wan sein Gedächtnis verloren und war irgendwie in die Angelegenheiten Galas geraten? Das wäre ein unglaublicher Zufall. Wie hatte er Prinz Beju kennen gelernt?

„Seht ihn euch an“, sagte Paxxi voller Abscheu. „Man sieht, dass das Scheusal böse ist.“

„Seht ihn euch genau an. Dieser Junge ist Obi-Wan“, murmelte Qui-Gon.

Paxxi schnappte nach Luft. „Ja, ist so, ich dachte gerade, dass er tapfer und ziemlich gut aussieht", ergänzte er schnell. „Und was für ein königliches Auftreten er an den Tag legt!"

„Obawan! Ich bin überglücklich!", stieß Guerra flüsternd hervor. Dann wurde sein Gesicht lang. „Aber was können wir machen, weiser Ritter Jedi-Gon? Wir können jetzt unseren Plan nicht mehr ausführen. Wenn wir dem Volk sagen, dass der Prinz das Bacta mitnimmt, bringen wir Obawan in große Gefahr."

„Glaubt Ihr, Obawans Gedächtnis wurde ausgelöscht?", flüsterte Paxxi. „Was ist, wenn das Syndikat ihn benutzt?"

„Ich weiß nicht, was ich denken soll", sagte Qui-Gon ruhig. Sein Blick ruhte auf Obi-Wan, als der Junge Baftu grüßte.

Es gab nur eine Sache, die er tun konnte. Qui-Gon konzentrierte sich und griff nach der Macht. Er sammelte sie um sich und schickte sie wie eine rauschende Welle zu Obi-Wan.

Er wartete, jeder seiner Muskeln war angespannt, jede Zelle bereit. Sein Herz schrie seinem Padawan zu, er möge ihn hören.

Dann fühlte er, wie Obi-Wan die Macht auffing und sie zu ihm zurücksandte. Sie brach über ihm zusammen wie ein herrlicher Wasserfall.

Qui-Gon schloss seine Augen voller Erleichterung. „Es ist in Ordnung", sagte er zu Paxxi und Guerra. „Er hat der Gehirnwäsche standgehalten."

Paxxi und Guerra tauschten verblüffte Blicke aus.

„Das ist noch niemandem komplett gelungen“, sagte Paxxi.

„Ich wusste, dass er es schaffen würde“, beteuerte Guerra. „Ist nicht so, ich lüge. Ich habe Angst um meinen großen Freund Obawan gehabt. Und jetzt bin ich erleichtert und froh.“

„Ich auch, mein guter Bruder“, sagte Paxxi. Die beiden Brüder legten ihre langen Arme umeinander und drückten sich, ihre lachenden Gesichter eng aneinander geschmiegt.

Doch Qui-Gon war besorgt. Guerra hatte Recht. Mit ihrem Plan konnten sie Obi-Wan womöglich in Gefahr bringen. Und – hatte der Junge vielleicht einen eigenen Plan? Würde er sich damit vielleicht in noch größere Schwierigkeiten bringen?

Qui-Gon seufzte. Er musste warten. Er durfte keinesfalls etwas unternehmen, bevor er nicht wusste, was Obi-Wan vorhatte.

Eine der Jedi-Lektionen, die Qui-Gon dem Jungen immer und immer wieder eingebläut hatte, war die Notwendigkeit, Geduld zu bewahren und zu warten. Etwas zu unternehmen, hatte er ihm gesagt, konnte gefährlich sein. Zu warten und zu beobachten ist die schwierigere Aufgabe. Doch es ist eine Aufgabe, die wir beherrschen müssen.

Wenn er sich selbst diese Lektion nur genau so gut beigebracht hätte.

Obi-Wan fühlte, dass ihn die Macht wie eine Welle traf. Das Wissen, dass Qui-Gon in der Nähe war, machte ihm Mut.

Er hatte befürchtet, dass Terra ihre Meinung ändern und auf der Landeplattform erscheinen würde, um Prinz Beju zu begrüßen. Sie hätte ihn sofort erkannt, da war er sich sicher. Und obwohl er den Prinzen im Frachtraum eingesperrt hatte fürchtete er, er könne genügend Lärm machen, um außerhalb des Schiffes gehört zu werden. Er musste Baftu so schnell wie möglich vom Schiff wegbekommen.

„Willkommen, Prinz Beju“, sagte Baftu beim Näherkommen. „Ich bin überrascht, Euch allein vorzufinden. Seid Ihr selbst geflogen?“

„Ich dachte, es wäre das Beste, allein zu kommen“, sagte Obi-Wan laut in der Hoffnung, Qui-Gon konnte ihn hören. „Ich muss zugeben, dass ich noch Zweifel bezüglich dieser Allianz habe.“

Baftus Lächeln verschwand. „Aber wir waren uns doch über alle Bedingungen einig.“

„Ja, jedoch riskiere ich mehr als Ihr“, sagte Obi-Wan. „Ihr macht große Worte und erwartet, dass ich Euch glaube. Ihr sagt, dass Ihr die Bedingungen erfüllen könnt. Ihr redet von Gütern, die ich noch nicht einmal gesehen habe.“ Obi-Wan wedelte mit der Hand herum. „Ihr redet von Bacta-Vorräten und großem Reichtum, den Ihr mit mir teilen wollt, um Gala zurückzugewinnen. Aber ich habe noch nichts davon gesehen.“

Baftus Lächeln war verzerrt. „Aber selbstverständlich werdet Ihr alles sehen. Lasst uns zum Hauptquartier gehen. Wir können dort eine kleine Erfrischung nehmen und …"

„Nein. Zuerst das Bacta", unterbrach ihn Obi-Wan mit schneidender Stimme.

„Aber ich habe ein Festessen vorbereitet", sagte Baftu. „Wir können dabei die Details noch einmal durchgehen. Habt Ihr nicht selbst gesagt, Ihr bräuchtet eine Erfrischung nach der Reise?"

„Langweilt mich nicht mit Fragen", stieß Obi-Wan hervor. „Gehorcht mir einfach! Zuerst das Bacta. Dann der Schatz. Oder ich gehe zurück auf mein Schiff und fliege nach Hause."

Baftus Ärger war offensichtlich. „Sind wir nicht überein gekommen, dass wir das Bacta besser im Schutz der Dunkelheit einladen? Wenn mein Volk sieht, wie viel Bacta wir haben, könnte uns das beide in Gefahr bringen."

Obi-Wan warf den Umhang über seine Schulter. „Habt Ihr Euer Volk nicht unter Kontrolle, Baftu? Habt Ihr Angst vor Euren eigenen Untertanen? Das bereitet mir Sorge."

Einen Augenblick lang dachte Obi-Wan, Baftu würde ihn niederschlagen. Doch die Allianz war ihm wohl zu wichtig. Baftus kleine, gerissene Augen verengten sich. Er rang sich ein Lächeln ab. „Selbstverständlich. Wie der Prinz wünscht. Lasst uns das Bacta einladen."

„Ausgezeichnet", sagte Qui-Gon zu Guerra und Paxxi mit gedämpfter Stimme. „Obi-Wan versucht, Zeit zu schinden. Wir müssen unseren Plan ändern. Zuerst der Schatz, dann die Lagerhäuser. Alarmiert Kaadi. Sagt ihr, dass der Prinz das Bacta einlädt. Und dann folgt mir."

Kapitel 17

Paxxi und Guerra lösten ihr Notfallsignal aus, um Duenna zu warnen, doch nach ein paar Minuten des Wartens entschied Qui-Gon, dass sie ohne sie in das Hauptquartier des Syndikats eindringen mussten.

„Aber wie, Jedi-Gon", fragte Guerra. „Sollen wir uns mit Blastern durchschießen? Verwirrung stiften?"

„Lasst uns hoffen, dass auf Grund der Anwesenheit des Prinzen die Dinge etwas durcheinander sind. Es wird nicht alles routinemäßig laufen. Deswegen gehen wir einfach hinein", sagte Qui-Gon und senkte sein verspiegeltes Visier.

Sie gingen mit einem Nicken an der ersten Wache vorbei. Die Zweite war schwieriger. Sie fragte nach ihrem Befehlscode.

„Prinz Beju hat seine Pläne geändert. Er will zuerst das Bacta einladen", gab Qui-Gon zurück. „Baftu hat uns hierher geschickt."

„Ohne Befehlscode?", fragte der Wachmann skeptisch.

„Ja, wir gehen jetzt hinein", sagte Qui-Gon und ließ die Macht den Posten überwältigen.

„Ja, ihr geht jetzt hinein", sagte der Wachmann und winkte sie durch.

Die Lasergitter am Hintereingang waren abgeschaltet, wahrscheinlich weil so viele Wachen ein und aus gingen. Sie wurden nicht aufgehalten, als sie durch die Gänge zur Treppe nach unten eilten.

Qui-Gon führte sie zu dem geheimen Zufluchtsraum und aktivierte die Wand, die zu Seite fuhr. Schnell gingen sie durch die Sicherheitstür.

„Jetzt seid ihr dran", sagte Qui-Gon zu Paxxi. Er hoffte inständig, dass Paxxis Gerät funktionierte.

Paxxi klinkte sich in das Sicherheitspanel des Tresorraumes ein. Qui-Gon hörte eine Reihe elektronischer Piepgeräusche. Dann presste der Phindaner seinen Daumen auf den Transfer-Registrator. Ein weiteres Piepen folgte, und die Tür glitt auf.

„Es hat funktioniert, guter Bruder", rief Guerra. Qui-Gon wünschte sich, er hätte nicht so überrascht geklungen.

Der Raum war voller Kostbarkeiten. Edelsteine, Gewürze, Währungen, seltene Metalle.

„Wir brauchen etwas zum Transportieren", sagte Qui-Gon. „Wir können ohnehin nicht alles aus dem Gebäude schaffen, also müssen wir es verstecken."

Paxxi und Guerra liefen zurück zum Abstellplatz unter der Treppe, um die dort versteckten Gleiter zu holen.

Qui-Gon packte die Ware zusammen. Dann luden sie alles auf die Gleiter und brachten es zur Versorgungskammer. Die fasste die Ware nur knapp, aber sie konnten gerade noch die Tür schließen.

„Jetzt müssen wir zu den Lagerhäusern kommen“, sagte Qui-Gon.

Paxxi schloss die Sicherheitstür des Tresorraumes und stellte den Transfer-Registrator zurück. Sie verschwanden schnell aus dem Zufluchtsraum, schlossen die Mauer und liefen die Treppe hinauf. Unauffällig gingen sie durch den Hinterausgang.

Als sie um die Ecke des Anwesens in Richtung Haupteingang bogen, hob Qui-Gon die Hand. „Wartet“, murmelte er.

Baftus goldener Gleiter kam an. Baftu und Obi-Wan stiegen aus, gefolgt von den Killer-Droiden.

„Es ist besser, meinen Wachen das Beladen Eures Schiffes zu überlassen“, sagte Baftu zu dem Jungen, von dem er glaubte, er wäre der Prinz. „Ich versichere Euch, dass sie das schnell und effizient erledigen. Jetzt werdet Ihr den Schatz besichtigen.“

„Ich bin hocherfreut“, gab Obi-Wan in hochnäsigem Ton zurück.

„Seht Ihr, Jedi-Gon?“, flüsterte Paxxi. „Unser Plan funktioniert.“

„Wir sind Glücksbrüder“, stimmte Guerra überein.

In diesem Augenblick kam Terra aus dem Hauptquartier heraus. Sie blickte sich um und schritt dann anmutig die Treppe hinunter. Obi-Wan zog sich hinter Baftu zurück und zog seinen Umhang über sein Gesicht, doch es war zu spät.

Terra zeigte auf Obi-Wan. „Das ist nicht Prinz Beju“, sagte sie.

Kapitel 18

Obi-Wans Gehirn arbeitete auf Hochtouren. Terra hatte ihn erkannt. Doch es stand immer noch ihr Wort gegen seines. Er musste seine Rolle weiter spielen.

Er wandte sich an Baftu. „Wer ist sie? Und wie kann sie es wagen, mich zu verdächtigen?"

„Meine Partnerin Terra", entgegnete Baftu dem Prinzen – und an Terra gewandt fragte er wütend: „Was sagst du da? Du hast den Prinzen doch nie kennen gelernt!"

„Dieser Mann ist ein Rebell", beharrte Terra und zog ihren Blaster. „Ich selbst habe seine Gehirnwäsche angeordnet."

Drüben im Schatten wanderte Qui-Gons Hand zu seinem Lichtschwert. Paxxi und Guerra zogen ihre Blaster, bereit zum Kampf. Sie folgten Qui-Gons Beispiel, warteten, was er tun würde.

„Wenn ich zufällig einem kleinen Kriminellen auf Eurem Planeten ähnle, dann ist das nicht meine Angelegenheit", sagte Obi-Wan verächtlich. Er sah Baftu mit zusammengezogenen Augenbrauen an. „Ist das ein Vorwand, um mich von der Besichtigung Eurer Schätze abzulenken? Ich bin ohnehin schon unsicher genug, was diese Allianz anbelangt ..."

„Nein, nein", beschwichtigte ihn Baftu. „Hört nicht auf meine Partnerin. Lasst uns hinunter zum Tresorraum gehen."

Obi-Wan nickte kurz.

„Was sollen wir machen, Jedi-Gon?", flüsterte Guerra. „Die Gefahr für Obi-Wan ist noch nicht vorbei."

Qui-Gon hatte sich bereits entschieden. „Paxxi, geh mit deinem Gerät zu den Lagerhäusern und öffne sie. Wir müssen den Plan durchziehen. Nimm Kontakt mit Kaadi auf und fang an, Lebensmittel und Waffen zu verteilen." Qui-Gon legte eine Hand auf Paxxis Schulter. „Ich weiß, du willst bleiben und Obi-Wan helfen. Aber es wird ihm mehr helfen, wenn du allgemeine Verwirrung stiftest, als wenn du hier bleibst."

Paxxi nickte und ging hastig davon.

„Guerra, kommt mit", sagte Qui-Gon.

Sie hängten sich ans hintere Ende der Gruppe mit Baftu und Obi-Wan.

„Terra ist leicht reizbar", sagte Baftu gerade zu Obi-Wan. „Hört nicht auf sie."

„Ihr habt also eine leicht reizbare Partnerin, auf die man nicht hören sollte", sagte Obi-Wan. „Das hört sich nicht sonderlich gut an."

Terra kam näher an heran. Als Baftu sich wegdrehte, um einem Droiden eine Anweisung zu geben, murmelte sie in Obi-Wans Ohr: „Was immer Baftu von dir denkt, ich weiß, dass du ein Betrüger bist. Ich weiß nicht, wie du der Gehirnwäsche widerstanden hast, aber ich werde es herausfinden. Und wenn ich es herausgefunden habe, werde ich dich töten."

„Nur Droiden nach unten", befahl Baftu, als die Gruppe sich den Türen zum Lagerraum näherten. „Wachen, wartet hier!"

Qui-Gon und Guerra warteten, bis die ganze Gruppe die Treppe hinunter gegangen war. Dann schlichen sie unbemerkt hinter ihnen her.

Baftu aktivierte die Gleitwand. Gemeinsam mit seinen Begleitern betrat er den Vorraum. Qui-Gon und Guerra hielten sich draußen bereit. Sie spähten durch den Türspalt, als Baftu seinen Finger auf den Transfer-Registrator zum Tresorraum presste. Die Sicherheitstür öffnete sich.

Sie hörten Baftus bestürzten Schrei. Terra stürmte nach vorn.

„Was ist das?", rief sie. „Wo ist der Schatz?"

Baftu drehte sich zu ihr um. Sein Gesicht war eine Maske der Wut. „Jetzt weiß ich, warum du gegen dieses Treffen warst. Und warum du den Prinzen beschuldigt hast, ein Betrüger zu sein. Du hattest bereits meinen Schatz gestohlen!"

„*Deinen* Schatz! Er gehört mir genauso wie dir!", rief Terra ärgerlich.

„Du gibst also zu, dass du ihn gestohlen hast", sagte

Baftu. Seine Stimme hatte jetzt einen ruhigen, bedrohlichen Tonfall.

„Das habe ich natürlich nicht!“, sagte Terra wütend. „Hier geht irgendetwas vor, Baftu. Dieser Prinz ist ein Betrüger. Jemand versucht, mich zu diskreditieren. Oder dich – hör auf mich!“

Baftu drehte sich um. Er nickte den Killer-Droiden zu.

Es geschah, bevor sich irgendjemand bewegen oder auch nur blinzeln konnte. Die Killer-Droiden feuerten ihre eingebauten Blaster auf Terra ab. Einen Augenblick lang stand sie noch da, ihr Gesichtsausdruck war leer und verständnislos.

„Du Dummkopf“, sagte sie zu Baftu und fiel zu Boden.

Baftu schritt um ihren Körper herum, als wäre er Müll auf der Straße. Er legte seine Hand auf Obi-Wans Ellbogen. „Kommt, Prinz Beju. Ich habe mich um die Verräterin gekümmert. Es ist nur eine Frage der Zeit, bis ich herausfinde, wo sie den Schatz versteckt hat. Dies hat nichts zu bedeuten. Es wird unsere Pläne nicht durchkreuzen.“

Qui-Gon hatte den vor Entsetzen gelähmten Guerra hinter sich her in den nächsten Raum gezogen. Sie warteten, bis Baftu mit Obi-Wan und den Killer-Droiden verschwunden war. Sie hörten, wie Baftu noch immer auf Obi-Wan einredete, als sie weggingen.

Sobald sie außer Sicht waren, liefen Qui-Gon und Guerra in den Vorraum. Terra lag auf der Türschwelle zum Tresorraum.

Guerra kniete neben ihr nieder. Zärtlich schob er einen seiner langen Arme unter ihr hindurch und wiegte sie an seiner Brust.

Terra sah ihn an. Das Leuchten in ihren orangefarbenen Augen wurde blasser. „Du erinnerst dich nicht an mich", sagte Guerra gebrochen.

Terras Augen wurden heller. Für einen Augenblick sahen sie ihn klar an, als ihre Erinnerung zurückkam. „Ist nicht so, Bruder", sagte sie schwach. Sie fasste mit ihrer zitternden Hand nach oben und berührte Guerras Wange. „Ist nicht so."

Ihre Augenlider schlossen sich flatternd. Sie legte einen Arm um Guerras Hals, lehnte ihren Kopf an seine Brust und starb.

Kapitel 19

Sie hörten einen Schrei hinter sich. Qui-Gon drehte sich um. Duenna stand in der Tür, ihre Hand ans Herz gepresst.

„Meine gute Mutter", sagte Guerra. Seine orangefarbenen Augen waren voller Tränen. „Unsere Terra ist von uns gegangen."

Duenna kniete sich neben ihre Tochter. Sie nahm Terra in die Arme.

Qui-Gon berührte Guerras Schulter. „Wir müssen gehen, mein guter Freund", sagte er. „Wenn ein Kampf ausbricht wird Obi-Wan in großer Gefahr sein. Euer Volk wird glauben, dass er das ganze Bacta mitnimmt."

Duenna sah ihren Sohn an, während sie Terra hin und her wiegte. Ihr Blick war ungetrübt. „Ja, mein Sohn. Du musst gehen. Terra darf nicht umsonst gestorben sein."

Qui-Gon hielt nur an, um Obi-Wans Lichtschwert aus dem Waffenspind neben der Tür zu holen. Sie hasteten durch die Straße zu den Lagerhäusern.

Sie hörten den Aufruhr schon, als sie noch Häuserblöcke entfernt waren. Blasterfeuer und Geschrei übertönte etwas, was wie ein einziges wütendes Gebrüll klang. Qui-Gon und Guerra liefen schneller.

Als sie näher kamen, sahen sie Phindaner mit Armen voller Waren vorbeilaufen. Qui-Gon kannte den Plan, den Kaadi gemacht hatte. Sie hatte Laufboten ernannt, die Lebensmittel und Medpacs zu den Kranken brachten und die Krankenhäuser mit medizinischen Gütern versorgten.

Sie bogen um die letzte Ecke zu den Lagerhäusern. Qui-Gon sah mit einem Blick, das Paxxi und Kaadi ihre Arbeit gut gemacht hatten. Sie hatten Waffen an Rebellen ausgeteilt, die jetzt eine Abwehrlinie gegen die Syndikatswachen bildeten. Hinter dieser Linie reichten Phindaner Versorgungsgüter von Hand zu Hand weiter und gaben sie den Läufern, die sich sofort damit auf den Weg machten.

Er sah Paxxi eine Protonengranate in ein Meer von Syndikatswachen werfen. Kaadi lief mit einem Elektro-Jabber nach vorn und griff einen Wachmann an, der versuchte, auf einen der mit Medpacs beladenen Läufer zu schießen.

Qui-Gon arbeitete sich schnell an Paxxis Seite vor. „Habt ihr Obi-Wan gesehen?"

Paxxi schüttelte den Kopf. „Vielleicht ist er in seinem Schiff."

Doch dann sah Qui-Gon ihn mitten unter den Syndikatswachen. Baftu stand neben ihm und beobachtete den Kampf. Qui-Gon sah zu, wie Obi-Wan einen Blaster aus dem Holster eines Wachmanns zog, ohne dass der es bemerkte. Qui-Gon sandte die Macht zu seinem Padawan, und Obi-Wan sah ihn über die Menge hinweg an. Er nickte.

Qui-Gon zündete beide Lichtschwerter. Sie leuchteten grün und blau, glühten in der grauen Luft. Obi-Wan sprang nach vorn über die Syndikatswachen hinweg. Qui-Gon warf das Lichtschwert seines Padawans hoch nach oben. Es drehte sich langsam in einem anmutigen Bogen. Obi-Wan streckte seine Hand aus und der Griff des Laserschwerts landete in seiner Handfläche. Als er wieder auf dem Boden aufkam, schlug er mitten durch die vorderste Linie der Wachen. Baftu starrte Obi-Wan entgeistert an. Der Junge, den er als Prinz Beju kannte, war mitten im Angriff.

„Tötet ihn!“, brüllte er den Wachen zu.

Qui-Gon bewegte sich bereits vorwärts und stieß zu Obi-Wans Angriff mit einer weiteren Frontalattacke. Jetzt wussten sie, wo die Syndikatswachen verwundbar waren, und sie verschwendeten keine Zeit damit, Hiebe auf die Panzerung zu richten. Stattdessen schlugen sie gegen die Knie und den Hals und rissen ihnen die gepanzerten Visiere ab, damit sie klare Treffer landen konnten, um sie auszuschalten.

Die Macht war überall um sie und führte sie. Obi-Wan fühlte seine Kraft, als er gegen die dunkle Seite der boshaften Syndikatswachen kämpfte. Er spürte die positive Energie der helfenden Phindaner hinter seinem Rücken. Er behütete das Gute und ließ sich davon treiben. Seine Hiebe landeten dort, wo er sie haben wollte. Blasterfeuer wich er mit Hilfe der Macht aus. Sie sagte ihm, wann er sich drehen, bewegen, wann er springen oder abblocken musste.

Der Erfolg der Jedis stärkte die Phindaner. Sie drängten mit wütenden Schreien nach vorn. Qui-Gon sah, wie Baftu plötzlich blass wurde, als die erste Reihe der Wachen zusammenbrach. Guerra war der Erste, der nach vorn stürmte, einen Blaster in der einen und einen Blitzwerfer in der anderen Hand. Er zog den Bogen des Werfers zurück, und der Energieblitz schoss heraus, genau auf Baftu zu.

Baftu schrie auf und riss einen Wachmann als Schild vor sich. Er fing den Schuss mit dem Körper des Wachmanns auf, der sofort hinstürzte. Baftu drehte sich um und rannte davon. Guerra rannte ihm nach.

Obi-Wan machte einen Satz über einen Haufen gefallener Syndikatswachen und folgte Baftu und Guerra. Qui-Gon wich mit Leichtigkeit dem Hieb eines Elektro-Jabbers aus und sah sich nach Paxxi um.

Er sah ihn und Kaadi zu seiner Rechten. Sie waren von Syndikatswachen mit Elektro-Jabbern umstellt. Qui-Gon stach einen Wachmann nieder, der auf ihn zukam, und sprang hoch über alles hinweg, was ihm im Weg war. Er landete auf dem Boden und nutzte den

Schwung, um über eine teilweise eingestürzte Mauer zu springen.

Doch er kam zu spät. Ein Wachmann traktierte Paxxi mit einem Elektro-Jabber. Sein Arm wurde taub, und er ließ seinen Blaster fallen. Kaadi hastete zu ihm, als ein anderer Wachmann feuerte.

Der Blasterschuss traf Kaadi und sie fiel. Mit seinem funktionierenden Arm warf Paxxi den Anti-Registrator auf den Wachmann. Blasterfeuer traf das Gerät, das wie ein Querschläger zu der Wache zurückschoss. Qui-Gon sprang mit summendem Lichtschwert ins Geschehen. Er versetzte dem Wachmann einen tödlichen Hieb und wandte sich gleich dem nächsten zu. Zusammen erledigten Paxxi und er den Rest der Wachleute.

Paxxi kniete bei Kaadi.

„Sieh mich nicht so traurig an", sagte Kaadi schwach. „Ich lebe noch."

Qui-Gon warf Paxxi schnell zwei Blaster zu. „Bleib bei ihr", sagte er zu ihm.

Er drehte sich rasch um und lief davon. Er fand eine Medizinerin, die Medikamente verteilte, und schickte sie zurück zu Paxxi und Kaadi. Dann machte er sich auf zum Raumhafen.

Als er dort ankam war Baftu von Killer-Droiden und Syndikatswachen umgeben. Prinz Bejus Schiff stand da, halb beladen mit Bacta. Während die Wachen Baftu beschützten, luden Phindaner eilig und unter Blasterfeuer das Bacta aus dem Frachtraum. Mehr und mehr bewaffnete Rebellen erschienen, um die Ausladearbeiten zu decken. Guerra und Obi-Wan waren ganz vorn mit dabei. Qui-Gon sah das blaue Glühen von Obi-Wans Lichtschwert, das schlug und wirbelte, als sich der Junge bewegte, immer dem Blasterfeuer ausweichend.

Qui-Gon beeilte sich, um Obi-Wan zu unterstützen. Doch bevor er auch nur einen Schlag ausführen konnte drehte sich Baftu um und lief in Richtung der Eingangsrampe des Schiffs.

„Er versucht zu fliehen!", rief Guerra. Er wandte sich an die Wachen. „Da, seht ihr, wem gegenüber euer Anführer loyal ist – nur sich selbst!"

Baftu stolperte, als er die Rampe erreichte. Die Syndikatswachen drehten sich zu ihm. Der am nächsten Stehende stellte Baftu ein Bein und ließ ihn hinfallen. Beide rollten die Rampe hinunter.

Guerra rannte nach vorn. Er hielt seinen Blaster an Baftus Kopf. „Ich verhafte dich im Namen des phindanischen Volkes" rief er.

„Tötet den Rebellen!", schrie Baftu den Wachen zu.

Die Syndikatswachen tauschten Blicke aus. Sie ließen ihre Waffen hängen.

„Zerstört ihn!", schrie Baftu wieder, dieses Mal zu den Killer-Droiden.

Doch da kamen Obi-Wan und Qui-Gon gleichzeitig von zwei Seiten gesprungen. Lichtschwerter blitzen und schnitten die Droiden wie trockene Zweige durch.

Urplötzlich waren die Maschinen eines Ionenantriebs zu hören. Das Schiff bewegte sich.

„Prinz Beju“, sagte Obi-Wan. „Er muss sich aus dem Frachtraum befreit haben.“

Das Schiff startete und stieg langsam und schwankend auf.

„Lass ihn gehen“, sagte Qui-Gon. „Sein Schicksal liegt anderswo.“

Kapitel 20

In der folgenden Woche standen Obi-Wan, Qui-Gon, Guerra und Paxxi auf dem Markt. Um sie herum waren dieselben Marktbuden, die so lange leer gewesen waren, überhäuft mit Waren. Frische Früchte, Schaltkreise für Navigationscomputer, Bettzeug, Leintücher. Phindaner liefen mit Körben umher, die mit duftenden Lebensmitteln und Blumen gefüllt waren.

Yoda hatte die Jedi gebeten, auf Phindar zu bleiben, bis die vorübergehende Regierung aufgebaut war. Dies zu arrangieren, hatte ein paar Tage gedauert. Im Augenblick regelte eine Koalition aus ehemaligen Ratsmitgliedern und dem letzten Gouverneur von Phindar die Angelegenheiten des Planeten. Wahlen, bei denen der nächste offizielle Gouverneur gewählt werden sollte, waren für den folgenden Monat geplant.

Baftu und seine obersten Anführer wurden derweil in einem Hochsicherheitstrakt gefangen gehalten, bis ihnen der Prozess gemacht wurde. Baftu hatte das Gedächtnis der meisten Syndikatswachen gelöscht – manche von ihnen waren zu ihren Familien zurückgekehrt, in der Hoffnung, dass Liebe und Zuwendung ihre Erinnerungen zurückbringen würden.

Obi-Wan und Qui-Gon hatten sich mit den Derida-Brüdern auf dem Marktplatz getroffen, um Paxxis Denkmal zu besichtigen. Er hatte den Gehirnwäsche-Droiden zerstört und die Reste auf einem Sockel montiert, damit alle Phindaner ihn sehen konnten. Sie schüttelten sich vor Lachen bei seinem Anblick und waren zutiefst froh, dass er für immer zerlegt war.

„Das war eine exzellente Idee, guter Bruder“, sagte Guerra zu Paxxi. „Man muss dem Bösen ins Auge sehen, um es zerstören zu können.“

„Ja, ist so, guter Bruder“, stimmte Paxxi zu.

„Wie geht es Kaadi?“, fragte Qui-Gon. „Ich hoffe doch, besser.“

Paxxi grinste. „Sie kommandiert bereits die Mediziner herum. Sie wird Ende der Woche wieder zuhause sein.“

Guerra sah sich auf dem Marktplatz um. Er war plötzlich traurig. „Ich bin zufrieden“, sagte er. „Ist nicht so, ich lüge. So viel Böses ist besiegt worden, ja. Doch ich habe immer gehofft, dass wir an diesem Tag eine Terra bei uns haben würden, wie sie früher war.“

„Sie starb so, wie sie früher war, guter Bruder“, sagte Paxxi. Sein Gesicht spiegelte Guerras Trauer wider. Er legte den Arm um seinen Bruder. Guerra tat das Gleiche. Sie sahen sich an und seufzten.

„Wir sind traurig und auch wieder nicht“, sagte Guerra nachdenklich.

„Ja, ist so", sagte Paxxi. „Unsere Welt ist frei, und wir müssen dem weisen Jedi-Gon und dem tapferen Obawan danken."

„Da ist nur ein Problem", sagte Obi-Wan. „Jetzt, wo es wieder genug Ware für alle auf Phindar gibt, existiert kein Schwarzmarkt mehr. Was werdet ihr tun?"

„Gute Frage, Obawan", sagte Guerra. „Ich habe mich das auch schon gefragt. Speziell seit mein guter Bruder den Anti-Registrator zerstört hat."

„Er hat Kaadis Leben gerettet", bemerkte Qui-Gon.

„Genau, ist so", gab Guerra zu. „Dennoch hätte uns der Verkauf des Apparats großen Reichtum gebracht."

„Es hätte euch Verderben gebracht", sagte Obi-Wan. „Das Böse klebte an diesem Gerät. Ihr hättet es für Gutes nutzen können – die meisten anderen dagegen hätten das nicht vermocht."

„Wie immer bist du sehr weise, Obawan", gab Guerra mit einem Seufzer zu. „Dennoch war es ein solches Vermögen, das wir verloren haben."

„Und wir wissen noch immer nicht, was wir tun sollen", sagte Paxxi. „Wir waren so lange Rebellen und noch viel länger Diebe. Es gibt keinen Platz mehr für uns auf unserer geliebten Welt."

Qui-Gon sah amüsiert aus. „So würde ich das nicht sehen. Was ist mit den bevorstehenden Wahlen? Phindar wird einen neuen Gouverneur brauchen. Ihr beiden seid jetzt gerade Helden. Warum kandidiert nicht einer von euch für den Posten?"

Guerra lachte. „Ich Gouverneur? Ha, ich lache über Jedi-Gons Witz. Ich wäre ein furchtbarer Politiker. Warte, ich lüge. Ich wäre großartig!"

„Du wärest ein besserer Gouverneur, guter Bruder", sagte Paxxi. „Warte, ich lüge auch! Ich wäre noch besser! Ich sollte mich aufstellen lassen!"

„Nun, das müsst ihr untereinander ausmachen", sagte Qui-Gon. „Für uns ist es Zeit aufzubrechen. Obi-Wan und ich müssen nach Gala."

„Ich werde euch hinbringen!", rief Paxxi. „Es wäre mir eine große Freude!"

„Danke, aber wir haben bereits ein Transportschiff", sagte Qui-Gon. „Dieses Mal möchte ich gerne am Ziel ankommen."

Guerra griff nach Obi-Wans Händen. „Du bist mein großer guter Freund, Obawan. Wenn du jemals die Dienste des neuen Gouverneurs von Phindar brauchst, dann musst du nur fragen."

„Ja, mich!", sagte Paxxi begeistert.

„Ist nicht so, mein guter Bruder", sagte Guerra. „Mich."

„Lebt wohl", sagte Qui-Gon. „Wir werden uns bald wieder sehen, da bin ich mir sicher."

Die Brüder verabschiedeten sich, indem sie gleichzeitig ihre langen Arme um die Jedis legten und sie dreimal fest drückten. Als Qui-Gon und Obi-Wan davongingen, diskutierten die Derida-Brüder weiter darüber, wer von ihnen Gouverneur werden sollte.

Qui-Gon lächelte noch immer, als sie den Raumhafen erreichten. „Ich fürchte, unsere nächste Mission wird um einiges schwieriger sein“, sagte er. „Doch die Stabilität auf Gala ist wichtig für dieses Sternensystem. Wir werden hier mehr denn je gebraucht.“

„Ich blicke meiner nächster Begegnung mit Prinz Beju nicht unbedingt gelassen entgegen“, gab Obi-Wan zu. „Ich hoffe, er gewinnt die Wahl nicht.“

„Wir sind nur da, um das zu beobachten“, erinnerte ihn Qui-Gon.

„Ja, das ist immer so“, sagte Obi-Wan. „Und immer scheinen wir mitten im Geschehen zu landen.“

Sie gingen in den Raumhafen, wo ihr Transporter schon auf sie wartete.

„Über eine Sache bin ich sehr froh, Padawan“, sagte Qui-Gon. „Dass du deine Erinnerungen behalten hast.“

„Euer Stein, den Ihr in einem Flussbett gefunden habt, hat mir dabei geholfen“, sagte Obi-Wan und legte die Hand über seine Innentasche. „Mir war nicht klar, dass der Stein empfänglich für die Macht ist. Ich hätte wissen müssen, dass Ihr mir etwas von großem Wert geben würdet.“

„Empfänglich für die Macht?“ Qui-Gon runzelte die Stirn. „Was sagst du? Ich dachte, es wäre nur ein schöner Stein.“

Obi-Wan sah ihn ungläubig an. Qui-Gons Gesichtsausdruck war teilnahmslos, während er auf den Transporter zuging. Machte sein Meister Scherze, oder meinte er es ernst? Er hatte nicht die geringste Ahnung.

Sie gingen die Einstiegsrampe hoch. Ein Lächeln lag auf Obi-Wans Gesicht. Eine neue Mission lag vor ihnen. Vielleicht würde er bei all den neuen Herausforderungen lernen, Qui-Gon besser zu verstehen. Doch andererseits glaubte er das auch wieder nicht. Es würde ein ganzes Leben dauern, bis er seinen Meister richtig kannte.

Glossar

Alba
Planet in der Nähe des ➢ Äußeren Randes, auf dem ein blutiger Bürgerkrieg tobt.

Alte Königin
Die monarchistische Herrscherin des Planeten ➢ Gala, Königin Veda. Sie gehört der ➢ Beju-Tallah-Dynastie an. Statt ihrem Sohn, Prinz ➢ Beju, den Thron zu überlassen, hat sie demokratischen Wahlen zugestimmt.

Anti-Registrator
Ein von ➢ Paxxi Derida entwickeltes Gerät, mit dem sich die Funktion eines ➢ Transfer-Registrators nachahmen oder umgehen lässt.

Arcona Mineral Harvest Corporation
Eine arconische Minen-Firma, die von ➢ Clat'Ha geleitet wird. Im Gegensatz zur ➢ Offworld Mining Corporation herrscht hier ein funktionierendes Sozialgefüge; alle Mitarbeiter sind am Gewinn der Firma beteiligt.

Äußerer Rand
Der Äußere Rand ist die Randzone der ➢ Galaxis

und wird auch oft mit dem Eigennamen „Outer Rim" tituliert. Der Äußere Rand gilt im Allgemeinen als uninteressante und verschlafene Region.

Bacta
Eine dicke, gelatineartige, durchsichtige Flüssigkeit, die zur Wundheilung benutzt wird. Bacta kann selbst die schlimmsten Verletzungen ohne zurückbleibende Narben heilen.

Baftu
Ein überaus skrupelloser ➢ Phindaner, der das ➢ Syndikat begründet hat.

Bandomeer
Heimatplanet der ➢ Meerianer am ➢ Äußeren Rand, Hauptstadt Bandor. Bandomeer besteht aus einer riesigen Landfläche und einem Ozean, die den Planeten je ungefähr zur Hälfte bedecken. Durch jahrzehntelange Minentätigkeiten wurden die natürlichen Ressourcen des Planeten beinahe aufgebraucht. Das ➢ Agri-Korps versucht einen landwirtschaftlichen Wiederaufbau.

Bandor
Hauptstadt des Planeten ➢ Bandomeer.

Bant
Jedi-Schülerin und beste Freundin von ➢ Obi-Wan im ➢ Jedi-Tempel auf ➢ Coruscant. Bant ist ein ➢ Mon Calamari-Mädchen.

Beju
Prinz Beju ist der Sohn der ➢ Alten Königin von

➢ Gala. Trotz seiner Jugend – er ist nur wenig älter als ➢ Obi-Wan Kenobi – fällt er vor allem durch sein herrschsüchtiges und arrogantes Verhalten auf. Prinz Beju ist einer der Kandidaten der auf ➢ Gala bevorstehenden Wahlen.

Beju-Tallah-Dynastie
Die beiden Herrscherfamilien auf dem Planeten ➢ Gala, denen es vor langer Zeit gelungen war, die Streitigkeiten der drei verschiedenen Völker auf Gala beizulegen. Leider wurden die Tallah im Lauf der Jahre korrupt und stürzten den Planeten durch ihre Gier in große Armut.

Blaster
Die meistgebrauchte Waffe in der ➢ Galaxis. Es existieren viele Varianten von Pistolen und Gewehren. Blaster emittieren Strahlen aus Laserenergie.

Blitzwerfer
Eine handgefertigte, armbrustähnliche Waffe, die Energieblitze abfeuert.

Clat'Ha
Junge Menschenfrau, die die ➢ Arcona Mineral Harvest Corporation als oberste Betriebsmanagerin leitet. Clat'ha ist eine mutige Kämpferin und immer auf Gerechtigkeit bedacht.

Comlink
Ein Kommunikationsgerät, mit dem man Gespräche, Bilder und wissenschaftliche Daten übertragen kann. Handlichere Form des ➢ Comm Unit.

Comm Unit
Allgemeiner Begriff für eine schiffsgestützte Kommunikationseinheit. Der Begriff Comm Unit wird gelegentlich auch für das transportable ➢ Comlink verwendet.

Coruscant
Planet und offizieller Sitz des ➢ Galaktischen Senats sowie des ➢ Jedi-Tempels. Coruscant ist eine einzige riesige Stadt; jeder Quadratmeter des Planeten ist bebaut. Coruscant liegt im ➢ Galaktischen Zentrum und markiert die Koordinaten Null-Null-Null im Navigations-Koordinatensystem.

Disruptor-Strahlen
Sehr heftige Energiestrahlen, die mit Leichtigkeit Objekte zertrümmern können. Disruptorwaffen sind auf den meisten Planeten der ➢ Galaxis geächtet.

Docking Bay
Bereich in einem Schiff oder Raumhafen, wo Raumschiffe, Raumjäger usw. andocken oder landen.

Droiden
Roboter, die für nahezu jede nur vorstellbare Aufgabe in der ➢ Galaxis eingesetzt werden. Form und Funktion der Droiden variieren stark.

Duenna
Phindanerin, die im Hauptquartier des ➢ Syndikats auf ➢ Phindar arbeitet.

Elektro-Fernglas
Tragbares Sichtgerät, mit

dem man unter fast allen Lichtverhältnissen weit entfernte Objekte beobachten kann. Ein eingespiegeltes Display zeigt Entfernung zum Objekt, Höhe über Normalnull, Azimut usw. an. Die Elektro-Ferngläser sind auf Grund ihrer computergestützten Optik sehr flexible Instrumente.

Elektro-Jabber
Ein handliches Gerät, mit dem sich Elektroschocks verschiedener Intensität austeilen lassen. Der Elektro-Jabber wirkt nur bei Berührung und wird gerne von Wachen und Folterknechten benutzt. Er ist auch als Elektro-Schocker oder Elektro-Pike bekannt.

Elektro-Schocker
Umgangssprachlich für ➢ Elektro-Jabber.

Gala
Planet, der monarchistisch von der ➢ Beju-Tallah-Dynastie regiert wird; Hauptstadt Galu. Auf Gala gibt es drei verfehdete Stämme: das Stadtvolk, das Hügelvolk und das Seevolk. Die politische Situation auf Gala ist etwas instabil, weshalb ➢ Qui-Gon Jinn und ➢ Obi-Wan Kenobi vom ➢ Rat der Jedi dorthin geschickt werden.

Galakianer
Bewohner des Planeten ➢ Gala.

Galaktischer Kern
Der Galaktische Kern bildet die Region der dicht bevölkerten Welten um den Galaktischen Tiefkern, in dem sich wiederum eine große Menge Anti-

materie und ein Schwarzes Loch befinden.
➢ Coruscant liegt im Galaktischen Kern.

Galaktische Republik
Die Galaktische Republik setzt sich aus den durch Gouverneure im ➢ Galaktischen Senat repräsentierten Mitgliedsplaneten zusammen.

Galaktischer Senat
Der Galaktische Senat tagt in einem riesigen, amphitheaterähnlichen Gebäude auf ➢ Coruscant, wo tausende von Senatoren aus allen Welten der ➢ Galaktischen Republik den Sitzungen beiwohnen.

Galaxis
Eine Ballung von Milliarden von Sternen. Galaxien sind in Galaxienhaufen, diese wiederum in so genannten Superhaufen organisiert. Die Entfernungen zwischen den einzelnen Galaxien ist jedoch dermaßen groß, dass sie bislang nicht überwunden werden konnten.

Galu
Hauptstadt des Planeten ➢ Gala.

Garen Muln
Jedi-Schüler und Freund von ➢ Obi-Wan Kenobi.

Gehirnwäsche-Droide
Ein Droide, der das Gedächtnis eines Lebewesen löschen kann. Seine Funktion ist der eines ➢ Memory-Löschers nachempfunden.

Gravschlitten
Eine ➢ Repulsor-getriebene, einfache Schwebeplattform für bis zu drei

Personen, die recht spartanisch ausgestattet ist. Es findet sich außer den Steuerinstrumenten kaum mehr als ein Windschutz für die Fahrgäste.

Guerra Derida
➢ Phindaner, der als Sklave auf einer der Tiefsee-Minenplattformen von ➢ Bandomeer arbeitete, bis ihm die Flucht nach ➢ Phindar gelang.

Halo-Lampe
Eine Lampe, deren Helligkeit auf Basis eines Energiebogens (Halo) erzeugt wird.

Hologramm
Ein bewegtes dreidimensionales Bild, das an einen anderen Ort zum Zweck der interaktiven audiovisuellen Kommunikation übertragen werden kann. Am Empfangsort erscheint das Hologramm als geisterhafte Projektion im Raum. Je nach Ausführung des Holo-Projektors kann das Hologramm in der Größe variieren.

Ionentriebwerk
Der am weitesten verbreitete Unterlicht-Antrieb, der zur Schuberzeugung Ionen-Partikel ausstößt.

Jawas
Nomadenvolk vom Planeten ➢ Tatooine. Die Jawas sind etwa 1 m groß und tragen braune Kutten, durch die man nur ihre leuchtenden Augen hervorglimmen sieht. Ihre Stämme ziehen in riesigen ➢ Sandkriechern umher und sammeln, stehlen oder kaufen Schrott auf, den sie teils repariert wieder verkaufen.

Jedi-Kodex
Die Regeln, nach denen die ➢ Jedi-Ritter leben. Es gibt geschriebene und ungeschriebene Gesetze, die über die Jahrtausende von den Meistern an ihre Schüler weitergegeben werden.

Jedi-Meister
Sie sind die ➢ Jedi-Ritter, die den höchsten Ausbildungsstand erreicht haben und selbst junge ➢ Jedi-Padawane ausbilden.

Jedi-Padawan
Ein junger Jedi-Anwärter, der von einem ➢ Jedi-Meister als dessen persönlicher Schüler angenommen wurde. Ein Jedi-Schüler, der bis zu seinem dreizehnten Geburtstag von keinem Jedi-Meister als Padawan angenommen wurde, kann nicht mehr zum ➢ Jedi-Ritter ausgebildet werden.

Jedi-Ritter
Die Hüter von Frieden und Gerechtigkeit in der ➢ Galaxis. Jedi-Ritter zeichnen sich durch eine besonders gute Beherrschung der ➢ Macht aus und haben sich vor Jahrtausenden zu einem Orden zusammengeschlossen.

Jedi-Tempel
Der riesige Jedi-Tempel ist Sitz des ➢ Rates der Jedi auf ➢ Coruscant. Hier werden auch die jungen ➢ Jedi-Padawane ausgebildet.

Kaadi
Phindanerin und gute Freundin von ➢ Guerra und ➢ Paxxi Derida. Auch sie ist an der Rebellion ge-

gen das ➢ Syndikat beteiligt.

Landgleiter
Ein ➢ Repulsor-getriebenes Fahrzeug zur Fortbewegung über Land. Es gibt allerlei Ausführungen und Größen, die sich im Allgemeinen ca. 0,5 – 1 m über dem Boden schwebend und recht schnell bewegen können. Kleine Landgleiter werden oft auch „Schweber" genannt.

Laressa
Hauptstadt des Planeten ➢ Phindar.

Lasergitter
Ein Netz von Laserstrahlen, das anstatt einer massiven Tür einen Durchgang blockieren kann. Es gibt auch Lasertore, die ein völlig geschlossenes Laserfeld in eine Türöffnung projizieren.

Lichtschwert
Die Waffe eines ➢ Jedi-Ritters. Die Klinge besteht aus purer Energie. Jedi-Ritter lernen im Laufe ihrer Ausbildung, diese Schwerter eigenhändig herzustellen. Es gibt verschiedene Versionen mit feststehender Amplitude und Klingenlänge sowie solche, bei denen sich diese Parameter mittels eines Drehschalters verändern lassen. Lichtschwerter werden bisweilen auch als Laserschwerter bezeichnet.

Luft-Speeder
Kleine ➢ Repulsor-getriebene Einmannfahrzeuge, ähnlich den ➢ Speeder-Bikes. Der Luft-Speeder

kann sich etwas höher bewegen.

Macht

Die Macht ist ein gleichermaßen mystisches wie natürliches Phänomen: ein Energiefeld, das die ➢ Galaxis durchdringt und alles miteinander verbindet. Die Macht wird von allen Lebewesen erzeugt. Wie alle Energieformen, kann die Macht manipuliert werden. Vor allem die ➢ Jedi-Ritter beherrschen diese Kunst. Ein Jedi-Ritter, der die Macht beherrscht, hat besondere Fähigkeiten: Er kann beispielsweise entfernte Orte sehen oder Gegenstände und die Gedanken anderer bis zu einem gewissen Maß kontrollieren.
Die Macht hat zwei Seiten: Die lichte Seite der Macht schenkt Frieden und innere Ruhe; die dunkle Seite der Macht erfüllt mit Furcht, Zorn und Aggression. Wer sich als Jedi diesen negativen Gefühlen allzu leicht hingibt, steht in Gefahr, der dunklen Seite der Macht zu verfallen.

Med-Center

Kurzform für Medizinisches Center: Krankenhaus.

Meerianer

Kleine, humane Spezies vom Planeten ➢ Bandomeer. Ihr markantestes Zeichen sind die silbernen Haare, die sie meist kurz geschoren tragen.

Medpac

Standardpackung mit medizinischen Versorgungsgütern wie Medikamenten, Verbandsmitteln etc.

Memory-Löscher
Ein ➢ Droide, der zum Löschen des Speichers eines anderen Droiden benutzt wird.

Mon Calamari
Amphibische Spezies vom gleichnamigen Planeten Mon Calamari mit großen, fischähnlichen Augen, die an Land auf feuchtes Klima angewiesen ist.

Muja-Frucht
Essbare Frucht, wird oft auf den Märkten von ➢ Bandomeer verkauft.

Nuuta
Vater von ➢ Kaadi.

Obi-Wan Kenobi
Obi-Wan ist ein dreizehnjähriger Junge, der von ➢ Qui-Gon Jinn nach langem Zögern als ➢ Jedi-Padawan angenommen wurde.

Owen Kenobi
Bruder von ➢ Obi-Wan Kenobi.

Padawan
➢ Jedi-Padawan

Pasmin
Ein Planet nahe des ➢ Galaktischen Kerns, der bekannt für seine Textilherstellung ist. Die Weber auf Pasmin stellen in Handarbeit die feinsten Stoffe her, die man sich vorstellen kann.

Paxxi Derida
Ein ➢ phindanischer Pilot, der an der Rebellion gegen das ➢ Syndikat beteiligt ist.

Phindar
Ein Planet im gleichen

System wie ➢ Gala, Heimat der ➢ Phindaner. Auf Phindar herrscht das verbrecherische ➢ Syndikat, das skrupellos und brutal das Volk ausbeutet. Nur eine kleine Gruppe von Rebellen leistet Widerstand.

Phindaner
Eine Rasse von großen, etwas traurig aussehenden Kreaturen mit Armen, die bis auf Höhe der Kniekehlen hinabreichen. Sie stammen vom Planeten ➢ Phindar und sind im Allgemeinen für ihren etwas eigenartigen, trockenen Humor bekannt, der bis zu bösem Sarkasmus reichen kann.

Protonengranaten
Ähnlich wie der ➢ Protonentorpedo streut diese Handgranate bei der Explosion freie Protonen, was sie sehr wirkungsvoll macht.

Protonentorpedo
Ein Geschoss, das von Raumschiffen oder auch Personen aus speziellen Werfern abgefeuert werden kann. Der Protonentorpedo erhält seine Zerstörungskraft aus dem Protonen streuenden Sprengkopf und kann durch Partikelschilde abgelenkt werden.

Qui-Gon Jinn
Qui-Gon ist ein erfahrener ➢ Jedi-Meister, der seine Fähigkeiten auf vielen Missionen unter Beweis gestellt hat. Nach langem Zögern hat er ➢ Obi-Wan Kenobi als ➢ Jedi-Padawan angenommen

Rat der Jedi
Gremium aus zwölf ➢ Jedi-Meistern, die sich um die Angelegenheiten der Galaxis kümmern und als Hüter von Frieden und Gerechtigkeit auftreten.

Reeft
Ein vom Planeten Dressel stammender Jedi-Schüler; Freund von ➢ Obi-Wan Kenobi.

Repulsor
Antriebssystem für Boden- und Raumfahrzeuge, das ein Kraftfeld erzeugt (➢ Repulsorlift-Feld). Der hierbei entstehende Antischwerkraftschub ermöglicht die Fortbewegung von Boden-, Luftgleitern und Düsenschlitten. Sternjäger und Raumschiffe nutzen Repulsoren als zusätzliches Schubkraftsystem, etwa beim Andocken oder beim Flug in der Atmosphäre.

Repulsorlift-Feld
Ein magnetisches Kraftfeld, das als Basis für die meisten konventionellen (nicht hypertauglichen) Antriebsformen dient. Es wird fast überall verwendet, wo Dinge oder Maschinen transportiert werden müssen oder eine schwebende Fortbewegung nötig ist.

Sandkriecher
Ausrangierte Erztransporter auf ➢ Tatooine, die nach ihrer Ausmusterung durch ein Bergbauunternehmen von den ➢ Jawas übernommen wurden. Ganze Jawa-Stämme leben in den riesigen Raupenfahrzeugen, die auch unter dem Namen „Sandcrawler" bekannt sind.

Si Treemba
Ein ➢ Arconier, mit dem sich Obi-Wan auf seinem Flug nach ➢ Bandomeer angefreundet hat. Si Treemba arbeitet für die arconische Minen-Firma Arcona Mineral Harvest Corporation.

Sobot
Überbegriff für einen ➢ Repulsor-getriebenen, schwebenden Droiden, der ferngesteuerte Untersuchungs- und Beobachtungsaufgaben übernehmen kann.

Speeder-Bikes
Kleine Repulsor-getriebene Einmannfahrzeuge, die sich mit bis zu 500 km/h und bis maximal 25 m über dem Boden bewegen können. Es gibt sie in allerlei Ausführungen, die meisten jedoch sind Einmann-, höchstens Zweimann-Fahrzeuge, auf denen der Fahrer rittlings sitzt. Speeder-Bikes werden auch als Düsenschlitten bezeichnet.

Sonden-Droide
➢ Sobot

Syndikat
Von ➢ Baftu und ➢ Terra geleitete Verbrecherorganisation, die den Planeten ➢ Phindar mit furchtbarer Gewalt beherrscht. Das Syndikat wird von den Syndikatswachen vertreten und bestraft Rebellen mit Gehirnwäsche. Hierbei werden die Erinnerungen der Opfer an ihr bisheriges Leben gänzlich ausgelöscht.

Tallah
➢ Beju-Tallah-Dynastie

Tatooine
Ein Wüstenplanet am ➢ Äußeren Rand, der kein Mitglied der ➢ Galaktischen Republik ist. Obwohl Tatooine als unwichtig gilt, wird es später eine wichtige Rolle im Schicksal der ➢ Galaxis spielen.

Terra
Phindanerin. Terra ist die Partnerin von ➢ Baftu und zweite Anführerin des ➢ Syndikats.

Transfer-Registrator
Ein Gerät zur Abnahme von Fingerabdrücken, das überall dort eingesetzt wird, wo Zahlungsverkehr stattfindet oder Sicherheitsschlösser verwendet werden. Der Transfer-Registrator überprüft auf Grund eines Fingerabdrucks die Identität des Benutzers und gewährt dann Zugang, Kredit oder Ähnliches.

Vibro-Waffen
Handwaffen, die es in vielen Varianten (Vibro-Axt, Vibro-Dolch, Vibro-Messer) gibt. Ein Ultraschallgenerator (Vibro-Generator) im Griff erzeugt Schwingungen, die die Schnittkraft der Klinge erheblich steigern. Die geringste Berührung kann gefährliche Verletzungen hervorrufen.

Weutta
➢ Phindaner und Chef der Sicherheitstruppen des ➢ Syndikats.

Wolkenwagen
Bezeichnung für ein kleines Kapselgefährt zum inneratmosphärischen Flug. Es existieren viele unterschiedliche Versionen

mit einer oder mehreren Kapseln. Ein Doppelkapsel-Wolkenwagen hat je eine Kapsel für einen Piloten und einen Schützen.

Xanatos
Ehemaliger Padawan von ➢ Qui-Gon Jinn, der sich an seinem alten ➢ Jedi-Meister rächen will. Auf ➢ Bandomeer kam es zum erbitterten Kampf zwischen Xanatos und Qui-Gon. Danach verschwand Xanatos spurlos.

Yoda
Ein über 800 Jahre altes Mitglied des ➢ Rates der Jedi. Yoda kommt vom Planeten Dagobah, ist nur 70 cm groß, hat Schlitzohren und gilt als besonders weise.

STAR WARS™ JEDI-PADAWAN
LUCAS BOOKS
Obi-Wan Kenobi sehnt sich danach Jedi-Ritter zu werden. Aber wie soll ihm das gelingen, wenn ihn niemand als Padawan aufnimmt?
STAR WARS
JEDI-PADAWAN
DIE GEHEIMNISVOLLE MACHT
ISBN 389748-201-0 · DM 9,80
OBI-WAN KENOBI AUF SEINEM WEG VOM SCHÜLER ZUM JEDI-RITTER
STAR WARS
JEDI-PADAWAN
DER DUNKLE RIVALE
JUDE WATSON
ISBN 389748-202-9 · DM 9,80
STAR WARS
JEDI-PADAWAN
DIE GESTOHLENE VERGANGENHEIT
JUDE WATSON
ISBN 389748-203-7 · DM 9,80
Die dunkle Seite der Macht fordert Qui-Gon Jinn heraus – ein früherer Schüler verlangt Rache von ihm.
JETZT ÜBERALL, WO'S BÜCHER GIBT!
LESEPROBEN:
im Internet unter DinoAG.de
BESTELLSERVICE:
über das Internet (DinoAG.de) oder beim Dino Leserservice, Postfach 12 55, D-79420 Heitersheim. (jeder Band DM 9,80 zzgl. Versandkosten)
Das Schicksal von Phindar liegt in den Händen von Obi-Wan Kenobi und Qui-Gon Jinn – und ihre einzigen Verbündeten sind eine Bande diebischer Rebellen.
Dino entertainment
© 1999 Lucasfilm Ltd. & ™. All rights reserved. Used under authorization.